隠れドS上司の過剰な溺愛には逆らえません

プロローグ

「んっ……」

私の口から堪えきれない声が漏れる。

軽くベッドがきしむ音がして、彼の繊細な指が私に触れる。

とても恥ずかしいはずなのに、その指に触れられ、その目に見られているというだけで、下肢からとろりと熱いものがこぼれ落ちるのを感じる。

「や……恥ずか……しい」

くすりと耳元で笑う声は甘くて熱さを孕んでいた。

「こんなにしてるのに？」

見られている部分が熱くて蕩《とろ》けそう。

彼の指がゆっくりと私の中を探る。そしてその一点を見つけるのだ。

「ここ……？　かな」

「んっ……あ、そこ……ダメっ」

「そう？　でも君の身体はそう言ってない」

指がそっと抜かれて、彼の太いものがゆっくりと……

「入ってくるのを感じた……っと」

小島陽菜乃《こじまひなの》はパソコンの前で大きく伸びをして、ポン！　と保存ボタンを押した。

「今日はここまでにするかあ……」

陽菜乃はウェブで小説を書いている。無料で閲覧できる小説投稿サイトに登録していて、日々更新しているのだ。ジャンルはＴＬ。いわゆるティーンズラブと呼ばれるジャンルである。

「ティーンズラブとは、女性を対象としたジャンルで、ティーン向けに見える人物設定でありながら、成人向けのような具体的かつ直接的な性的表現が物語の中で展開される創作物を指す」とウェブには説明がある。要するにエッチ描写ありの少女漫画展開の小説、ということだ。

陽菜乃はサイトの中ではなかなかに人気のある作家の一人だった。

けれどここ最近、悩んでいる。

評価がどうにも辛《から》い気がするのだ。

『リアリティがない』

『ネタが尽きた？　笑』

(尽きてはないよ……尽きてはないけどさ……)

ブルーライトカットの眼鏡を外す。

陽菜乃がウェブで小説を読み始めたのは五年ほど前からで、最初にそれを見たときは衝撃を覚えたものだ。

（これを普通の人が書いてるの⁉）

初めの二年ほどは、いわゆる「読み専」と呼ばれる、読む方専門でウェブ小説を楽しんでいた。

しかしいろんな作品を見ていく中で、自分も書きたくなってしまったのだ。自分が読みたいものを書いてみたくなったというのが一番の理由だろう。

書く知識なんてなかった。勢いだけだ。当時はとにかく趣味丸出しで書いていたものだから、今読むと勢い先行で恥ずかしいが、シリーズで出していたものは未だ人気があったりする。

そうして二年三年と書くうちに、少しずつ自分の表現というものができてきたのかな、とは感じていた。書き始めたころは社会人二年目で、趣味としてハマるものが欲しかったということもある。

ただ、好きで書いていただけ。それでも三年も続けていれば、それなりに固定の読者さんもついてくるものだ。

評価が辛《から》いのは少しだけつらい。それでも心当たりがあったから、陽菜乃には否定することはできなかった。

リアリティがないのには理由がある。

そう、理由が……

――小島陽菜乃には、知識はあるけど経験がないのだから……‼

第一章

（どうしよう⁉　動けないよ‼）

倉庫の中で、今目の前で繰り広げられているその光景。

目元を手で隠しつつ、その指の隙間から、陽菜乃はしっかりとソレを見てしまっていた。


陽菜乃はカワムラ商会《しょうかい》という文具を製作している会社に勤めている。大学卒業後に入社して、今社会人五年目だ。ベテランというには若手だけれど、新人でもない。仕事にも慣れ、そろそろ部内でも戦力として認められてきたかな、というところだ。

ごく普通の、というより、むしろ地味といえるかもしれない容姿。アウトドアな趣味など一切ないため真っ白な肌。栗色の髪は背中の中ほどまである。仕事の時はそれを後ろでひとつにきゅっと結んでいた。大人しそうで物静かな子、というのが会社での陽菜乃のキャラだ。会社の中ではさほど目立つ存在ではない。

それがまさか心の中で妄想しまくり、ウェブでエロ……もといＴＬ小説を書きまくっている妄想作家とは誰も思わないだろう。

陽菜乃は営業部に所属していて、営業事務を担当していた。この日は先輩に取引先に持っていくカタログを準備してほしいと言われて、倉庫に行ったのだ。カタログの在庫が入った箱が見つからず、倉庫の奥に入り込んだせいで、それを目撃する羽目になったわけである。

いつも在庫を置いているスチールラックに目的のカタログがなかったので、奥のストックが置いてあるところまで探しに行ったのだ。なんとかカタログを見つけ出し、いい加減この中も片付けなくてはいけないな……と思っていた矢先のこと。

ガチャ……と倉庫のドアが開いて、誰かが入ってくる気配がした。

倉庫の中は薄暗かったけれど、周囲が見えないほどではなかった。陽菜乃としてはカタログを一冊だけ取り出して出ようと思っていたので、電気も点けずに奥に入り込んでしまっていた。

ごめんなさい、電気を点けて……と言おうとして気づいた。

「んっ……はぁ……」

という……陽菜乃が普段、小説で表現しているような甘い声が耳に入ってきたのだ。

(んん?)

棚の隙間からちらっと覗く。すると、入口近くの棚の陰で、男性と女性がそれはそれは情熱的なキスを交わしている。

(オフィスラブのお約束！　倉庫でキスだー!!)

本当にあるとは思わなくて、思わず凝視してしまった。

二人はかなり深いキスをしているようで、時折くちゅ……という水音が聞こえてくる。二人の身体は隙間もないほどにピッタリと重なり合って見えた。

女性の鼻にかかった甘い喘ぎ声が漏れてくる。女性の片手は男性の背中にしっかり回っていて、もう一方の手は男性の胸をなぞり、スーツの隙間からネクタイを緩《ゆる》く掴んだかと思うと、するりとベルトまで下りていき、スラックスからシャツを引き出そうとしている。

「なにするつもり？」

「分かってるでしょう？」

くすくすと笑いを含んだその声は、濡れたような艶を帯びている。なるほど、分かっていて連れ込まれているのか。誘惑する声や甘い喘ぎのような呼吸など、陽菜乃の脳内の取材ノートにどんどんネタが書き込まれていく。

「こんなところに連れ込んだのはそっちだろ」

（ん？）

その声には聞き覚えがあった。

そっと男性の顔を確かめるため、居場所を変える。やはり陽菜乃がよく知る顔だった。

陽菜乃と同じ営業部の係長、森野英《もりのはなぶさ》だったのだ。

森野は、普段は眼鏡に隠れているけれど、実はとても麗しいお顔をしているのを知っている。

歓迎会の時に隣の席になって、眼鏡を外した顔を見たからだ。綺麗な二重にまっすぐな鼻筋、甘さを含んだ柔らかい目元。

歓迎会では、新人の陽菜乃にとても気を使ってくれた。今でも覚えているのは、「小島さんは何を飲んでいるの？」と聞いてくれた時のこと。陽菜乃はそんなにお酒に強くないので、その時はカシスウーロンか何かを飲んでいて、そう答えたと思う。

すると「可愛いね」とくすっと笑ったのだ。その顔は仕事の時とは違ってとても綺麗で、つい見とれそうになった。この人、とても綺麗な人なんだ、と強く印象に残った。

陽菜乃にとって森野は上司の一人だ。直接指示をもらうこともあるが、いつもとても丁寧に依頼してくれて、きめ細かな対応をしてくれる、できる上司というイメージだった。話し方も常にきちんとしているから、こんなふうにくだけた感じで喋っているのは聞いたことがない。

こんな、女性にキスされて身体を触られまくって、あまつさえ脱がされそうな気配で、それをクールに笑いながら見ているのは誰なんだろう。

「なに触ってんの？　欲しいの？」

（こ、これ以上は見ちゃいけない！）

最初こそぜひとも参考に！　としっかり見てしまったが、知り合いとなったら話は別だ。これ以上は見てはいけない気がする。もう小説のネタにするどころじゃない。冷静に考えたら見つかるのもまずい。

慌てて陽菜乃は近くのスチールラックの陰に隠れて、両手で目元を覆った。これで見えない、と一安心する。動揺しすぎて、見えていないのは自分だけだということも分かっていなかった。そして、目を塞いでも、耳には十分に聞こえてくることも。

陽菜乃はドキドキしながら気配を忍ばせる。そこへ女性の蕩《とろ》けるような声が聞こえた。

「欲しい……森野さん、焦らさないで？」

すごい、女性がとても大胆だ。鍵のかかる倉庫とはいえ、いつ人が入ってくるかも分からないのに。

「こんなところでダメとか言っていたくせに。服の上からでも分かるくらいに勃たせてるなんて、いやらしいな」

森野が彼女の胸の尖っている場所に触れているのを、陽菜乃は指の隙間からしっかり確認する。森野のこんな言葉遣いは聞いたことがなくて、その容赦のない声音にも陽菜乃は鼓動が大きくなってしまった。

「っ……あ、触って？」

「触ってください、じゃなくて？」

徐々に熱を帯びてゆく彼女の声に森野は淡々と返している。それでも彼女は冷めることはないようで、むしろクールに返されることにも昂《たか》まっているように陽菜乃には見えた。

「さ、触って……ください」

「よくできたね。触ってあげようか？　どこを触られたいの？」

その声に、陽菜乃はぞくぞくっとして、力が抜けてしまう。

(ド……ドSだ……このやりとり、絶対ドSだー!!)

思わず陽菜乃はしゃがみこんでしまった。

しゃがみこんでしまった陽菜乃の目の前で、女性はカチャカチャと森野のスラックスのベルトを外した。ちらりと見えたボクサーパンツの上から、女性の綺麗にネイルが施された指が森野のそこに触れる。

「んっ……」

鼻から抜けるような甘い声を漏らして、女性は森野に口づける。森野は緩《ゆる》くそれを受け止めているように見えた。

甘く絡まる舌が時折、唇の隙間からちらりと見えて、それがなんとも言えず淫靡《いんび》で、彼女の気持ちよさそうな声に胸がドキドキする。

これは小説でも、資料としてたまに見るAVでもなく、陽菜乃の目の前で起きている現実なのだ。そう思うと、鼓動がどくんどくんと大きくなり、顔が赤くなってしまうのを止めることはできない。

倉庫の棚はスチールラックだ。骨組みの隙間から、ばっちりその行為が見えてしまうのだ。

「そんなに欲しいんだ?」

上気した頬と潤んだ瞳を隠そうともせず、彼女は甘えるように森野を見つめた。森野がすうっと指の背で彼女の胸元をなぞる。それだけで甘い声を上げ、彼女は軽く身じろぎした。

指の隙間からそんな光景までしっかり見える。陽菜乃はまるで自分が触れられたようにぞくんとした。

「ねえ、焦らさないで?」

「焦らされるの、好きなくせに?」

森野の普段と違う声や口調に、陽菜乃は目元ではなくて口元をぎゅっと押さえた。

(エ……エロすぎるっ)

その時だった。倉庫の奥でバサバサっと何かが崩れる音がしたのだ。

バレたらまずいっ！　と陽菜乃はささっと奥の段ボールの影に隠れた。興味はあるけど、見つかるのは絶対まずい。外に出ることもできない。

なにせお二人がおっぱじめているのはドアから一番近い棚の前で、陽菜乃が外に出ようと思うと、その棚の前を通るしかないのだから。

「なにか崩れたな」

「そんなのいいじゃない」

「まあ、いいけどね。あまり席を外しても不審がられるだろう。君も戻ったら？」

森野は乱された服を直している。彼女は少し残念そうだった。陽菜乃もちょっとだけ残念だ。

（本当のえっち、見たかったかもしれない……）

しかし、あれだけでも非常にどきどきしたし、キスや身体に触れている光景や焦らされている雰囲気、それに何より彼女の気持ちよさそうな吐息が耳から離れない。

「今度は最後までしてくださいね」

「また今度ね」

そしてドアが開いて、二人が倉庫から出ていく音がした。

一方の陽菜乃はまだ鼓動が収まらなくて、立ち上がろうにも立ち上がれず、大きく息を吐いていた。

（すっごくエロかったわ！）

でも、本当に気持ちよさそうだった。堪えきれない声が漏れてしまうほどの快感を自分はまだ知らない。他人に触れられたり、入れられたりってどういう感覚なのだろう。

これまでキスの音について「水音」と気軽に書いていたけど、その濡れたような音は耳で直接聞いたら、とてつもなくいやらしかった。

ふう……と息をついて、立ち上がろうと目を開けた時だ。

「立てなくなった？　手伝おうか？」

森野が腕を組んで、棚にもたれながら陽菜乃に笑顔を向けていたのだ。

(ひ、ひえぇぇぇぇ……)

「い、一体いつから……」

「奥の荷物が崩れた時かな。頭がぴょこっと動いたのが見えて。まずいなとは思ったけど、隠れたから。覗き趣味なのかなーと思って」

そんなことを言いながら、にこにこと笑って森野が近寄ってくる。

(の……覗き趣味⁉)

「誰がですか⁉」

「小島さん。だってずっと気配消しながら見てたんでしょ？」

森野は緩《ゆる》く首を傾げてそう尋ねた。

整った顔の人が、そんな仕草をするとあざとすぎる！

「見てませんっ！　ちゃんと目を閉じてましたからっ！　私だって出たかったんです！　なのにそ

こ、ドアの前じゃないですか！」

「そうだよな。見つからなくてよかったね。彼女、少し露出の気があるから、見られてたら喜んじゃうよ」

陽菜乃はさらにくらくらする。めまいを起こしそうだ。奥深すぎる。そういったことは奥ゆかしくいたすものだと思っていたのだけれど、見られて喜ぶとは。

小説ならどこまでだってエロくても気にならないのに、現実はそうでもない陽菜乃である。

「森野係長、ここ会社ですよ。こんなところでダメだって思わないんですか？」

「その背徳感がたまらないんだろ、きっと？」

そう言ってくすりと笑う。仕事中と印象が全然違う。真面目な人だと思っていた。

会社の中でこんなことしてしまうなんて、真面目どころかとんでもない人だ！

「隠れて覗き見なんてしてたら、興奮しないか？」

そんなことを言う森野を陽菜乃はキッと睨んだ。なのに、薄く笑った森野は陽菜乃の前に屈んでその顔を覗き込んできたのである。急にその距離が近くなり、整った顔が近い。

睨みはしたものの、薄く笑っている森野を見返すことはできなくて、目線を落とし、目の前のネクタイをじっと睨みつける。

ムカつくことに、シャツとネクタイのセンスはすこぶるいい。

「どうだった？　こんなところで今にも始めちゃいそうなの見て、興奮しなかった？　触れられてるところ見て、身体が熱くなったりは？」

森野は陽菜乃の後ろの壁に手をついて、陽菜乃の耳元に囁く。

(か……壁ドン⁉)

逃げられないその感じ。

またさらに距離が一気に近くなる。森野の香りに包まれてしまって、陽菜乃はさらに後ずさる。ウッディとシトラスの混ざったような爽やかな香りにくらくらした。顔が熱い。

興奮……しなかったとは、言えない。身体も熱くなっていたかもしれない。だって、激しい鼓動がしていた。今も。こんなにどきんどきんいっていたら、森野にまで聞こえるんじゃないかと思う。

「耳が赤い」

その耳をぱくっと咥《くわ》えられる。背中の辺りがぞくんっとした。それは寒気にも似ていたけれど、それとは明らかに違う感覚だった。

「ひゃ……」

変な声が出てしまう。

「可愛くて美味しそうだ」

耳元で低く吐息混じりにそう囁かれて、腰の辺りがぞくぞくする。足元が心もとない。

くちゅっと耳に舌が差し込まれた。

「つや……」

さっきまで誰かを抱こうとしていたくせに、陽菜乃にもイタズラするなんて。

そのまま力が抜けそうになったが、陽菜乃は必死で森野をぎゅっと押しのける。必死で睨んだけれど、腰は抜けてるし、絶対目なんてうるうるだと思うし、顔は熱いままできっと真っ赤だろうし、迫力なんてないことは分かってる。それでも就業中はダメだ。

そんな陽菜乃を、森野は面白そうな顔で見ていた。

「し、就業中ですよっ」

ぷっ……と吹き出す声が聞こえて、森野があははっと笑い出す。

「小島さん、真面目かよ」

からかわれた⁉

「じゃあ、就業中じゃなければいいわけ？」

陽菜乃は言葉に詰まる。

「それってイエスかな？」

ずっと近くで仕事していたのに、こんな人だなんて思わなかった。

（こんな、こんな危険な色気のある人だったなんて……っ！）

「見てただけなのに腰抜かすほど感じちゃって。ねぇ、気づいてる？　すっげぇエロい匂いさせてんの」

スカートの裾から手を入れられてショーツの上をつん、とつつかれた。

「や……」

「可愛い声。濡れてるし」

森野は濡れた指先を陽菜乃に見せたあと、その長くてスラリとした綺麗な指を鼻先に持ってゆく。

（な……なにしてんの？　この人）

「エロくていい匂いする」

（わーっ！　へ、変態だっ！）

「ちょ……やめてくださいっ」

陽菜乃はその指に飛びついて、ポケットからハンカチを出してごしごし拭いた。そんなところの液を指先で回収された上に嗅がれるとか、泣きそうだ。

「森野係長、そんな人だなんて思いませんでした！」

目の前にいた森野を押し退けて、半泣きで陽菜乃は倉庫を後にする。

（えっちってすっごく生々しいし、すごくえっちいし、当然なんだけど。すごくドキドキしたしっ！）

その後からの仕事は、もちろん集中なんてできるわけがない。とにかく頭がぱんぱんで、気づいたらアノ出来事にすぐに気持ちがいってしまう。

密やかな声や、甘くこらえられない喘ぎ、そして陽菜乃の耳にキスした感覚なんかだ――しばらくして戻ってきた森野は、何事もなかったかのように席について仕事をしているのだから、なおさらだった。

だから……だから、集中できなくて、残業になってしまったのだ！

だって、どうしたって気になる。普段優しい係長である森野が、あんなにSっぽくて、しかもとても物慣れた様子だったのだから。陽菜乃のスカートの裾から手を入れることすら、なんの抵抗もないようだった。

エッチな小説を書いているのだから、それを表現することはできる。多分先ほど見たあの状況を小説にしなさいと言われたら陽菜乃はためらいなく文章にすることができるだろう。けれど、現実はもっと何というか、抵抗できないくらいのインパクトがあって、それが陽菜乃には衝撃的だった。森野はそれを軽々と実現している。

しかもその後はなにごともなかったかのように淡々としているのだ。どういう人なんだろう？割り切った関係に慣れているのだろうか？　陽菜乃は先ほどの光景や森野のこと、いろんなことが頭をぐるぐるしてしまった。そのせいで集中できなかったのだ。

早く帰って小説の続きを更新しなくてはいけなかったのに。

陽菜乃が勤めているカワムラ商会はホワイト企業だ。ワークライフバランスというものがしっかり考えられている。つまりどういうことかというと、二十時になると会社の電気が落ちるのだ。

今日は残業確定だった陽菜乃は、日中に事前申請を出し、自分のデスクの周りとパソコンの電源は落ちないようにしてもらった。全然進まなかった入力作業を、陽菜乃は必死で進めていた。

「あれ？　小島さん？」

そしてなぜこんな時に限って森野が戻ってくるのか!?

「うちの部署の電気がついていたから、誰が残っているんだろうと思ったんだよ。手伝おうか？」

森野にそう言われて、後ろに立たれる。

「だ、大丈夫ですからっ！」

後ろを取られるとか怖くて仕方ない。

今日のあの時までは理想の上司だったのに。今だって気を遣ってくれてすごく優しいと思う。でも、この人は社内でえっちなことをしてしまうような人なのだ！

陽菜乃は必死でデスクの上を片付ける。

「そんなに警戒されると、意識されてんのかなって思ってしまうんだけど」

笑いを含んだような声でそんなことを言われた。からかうようなその声音に陽菜乃は即答する。

「してませんっ！」

「答えが早いな。まあ、どっちでもいいけど、こんな時間までなにかしているのなら、上司としては把握しておかなくてはいけないんだけどね？」

上司として、と言われればそれはそうかもしれない。

「今日中に入力を頼まれていたデータが終わらなくて、残業になってしまったんです」

普段ならそんなことはない。陽菜乃は手早く間違いも少ない社員として、我ながら頼られていると思う。

「まだ残ってるの？」

「いえ！　終わったので帰ります！」

そこで慌てすぎたのか、陽菜乃の手からカバンが滑って、中身が派手にぶちまけられてしまった。

動揺しすぎて失態を繰り返す自分に泣きそうだ。

森野は手で顔を覆っていたけれど、よく見たらその肩が震えていた。

「つく……ふ、あははっ……。本当にごめんってば、君には何もしないよ」

床に落ちてしまったカバンの中身を森野は屈んで一緒に拾ってくれる。

悪い人ではないのだ。本当に。

(ただ、悪いオトコなだけ)

「へぇ……？」

面白がるような響きの声が聞こえて、陽菜乃は森野の手元を見た。

森野の手元でカバーのかかった文庫本が開かれている。

「わーっっ!!」

よりにもよって、今日は同じサイトからデビューした友人の本を持ってきて、通勤中に読んでいたのだ。陽菜乃の友人といえば、もちろんゴリゴリのＴＬ作家である。

「『太腿は大きく開かれ抵抗する術を持たなかった。差し入れられた指はごく浅いところをそっと撫でる……』やけに詳しいな。やっぱり浅いところって気持ちいいの？」

本を閉じて陽菜乃に差し出しながら、森野は笑顔で尋ねる。

(なんで開くの⁉　なんで音読するの⁉　そして、なんで聞くのよーっ⁉)

「じゃあ、帰ろうか。カギをかけるから」

先ほど目にした本も、昼間に見たことも、何もなかったかのように森野は陽菜乃に声をかけた。

本を受け取った陽菜乃は、カバンをぎゅっと握ったまま顔を上げられなくて俯《うつむ》く。

視界には、立ち上がった森野の靴が入っていた。ぴかぴかに磨かれたウイングチップ。スーツやシャツやネクタイだけではなくて、森野は靴まで趣味がいいらしい。けれど、そんなことではなくて、陽菜乃には森野に聞いてみたいことがあったのだ。

「つも、森野係長っ……」

「ん？　なに？」

その森野の優しい声に、そうっと陽菜乃は顔を上げる。陽菜乃を見て、立ち上がるのを待っている森野はとても優しい顔をしていた。ずっと陽菜乃が尊敬していた顔だ。

顔が……悔しいけれど圧倒的に顔が良い。その顔の良さについ呑まれそうになるが、どうしても聞いてみたいのだ。陽菜乃は意を決して口を開いた。

「その、森野係長はそういうことに慣れていらっしゃるんでしょうか？」

「そういうこと？」

「昼間のような、あの……あれ……」

「あ？　セックス？」

（身も蓋もっ！　身も蓋もないのよっ！）

けれどそんなことを恥ずかしがっている場合ではない。戸惑った末に陽菜乃は頷《うなず》く。

「まあ、慣れていないとは言わないね。どうしたの？　さっきは『そんな人だなんて思いませんでした！』って半泣きになっていたでしょう？　俺、無理やりにする趣味はないよ」

描いたように綺麗な森野の眉根がすうっと寄っている。

そうだろう。昼間は恥ずかしかったとはいえ押しのけてしまって、先ほども警戒警報発令レベルの反応をしてしまったのだ。

「教えてほしいんです」

「なにを？」

「その……セックス……です」

「は？」

森野は目を見開いて、陽菜乃をまっすぐに見る。

「君がそんなことをなんの意図もなく頼むような人だとは思えないんだけど？　どういう理由で？」

陽菜乃はぎゅっと膝の上で拳を握った。

「読まれましたよね？　先ほどの小説。ティーンズラブって分野の小説です」

「ティーンズラブ……どの辺が？　あれR指定だろ。完全に指入ってたと思うんだが」

一般にはあまり知られていない分野だし、男性ならば知らないのはなおさらだろう。

「ティーンズラブっていうのは、ティーン向けに見える人物設定でありながら、成人向けのような具体的かつ直接的な性的表現が物語の中で展開される創作物なんです」

「うん？」

いきなりこんな説明をされて、なぜこんなことを言われるのか分からない森野は首を傾げているだけだ。それはそうだろう。

「ありていに言えば、少女漫画みたいな展開の、エッチもありのストーリーです」

「なるほど？」

「私、そういう小説を書いてます」

「もしかしてさっきの小説、君が……？」

「いえ！　あれはデビューした友人が書いたもので！　でも同じようなジャンルです。私はまだデビューはしていません。私には不足しているものがあるんです」

「何？」

「表現力、だそうです」

森野は陽菜乃の向かいの椅子に座って、ゆったりと足を組む。

「ふん？」

いつも相談に乗ってくれる上司としての態度で、森野は答えた。だから陽菜乃は警戒せずに話を進められたのだ。

「まあ、あの程度で悲鳴を上げていたくらいだから、そういう小説を書くにしては経験不足は否めないだろうね？」

真顔で肯定された。

「あ……あの程度って、どういうことですか？　その、やっぱり倉庫でされてたみたいな……」

森野は少し考えるような様子になる。そして、陽菜乃に笑いかけた。その笑顔は決して爽やかなだけのものではなくて、とっても艶を含んでいて……色気のある笑みだった。

「それは取材？　取材なら受けても構わないよ。小島さんはお勉強したいってことだよね？」

ぱあぁっと陽菜乃の表情が明るくなる。

「はいっ！　取材です！」

取材。そう、これは取材だ。

陽菜乃には秘密がある。ＴＬ作家をしていることではなくて――今まで付き合ってきた人とそういうことにならなかった理由が。その秘密のせいで、陽菜乃は自信を失い、臆病になっていた。

だからこそ、気安く受けてくれた森野の態度に、つい安心してしまったのだ。

「じゃあ、金曜日はどうかな？」

「分かりました。よろしくお願い致します」

普通に研修を受けるかのように、ぺこりと頭を下げる陽菜乃に森野が苦笑する。

この時、陽菜乃は失念していたのだ。森野が悪いオトコだということを――

「じゃあ、金曜日、ゆっくり教えてあげる。セックスってどういうものかって」

陽菜乃の手を取って、森野は指先に軽くキスをした。

ぴくんっと陽菜乃の身体が揺れてしまう。その揺れは指先にまで響いただろう。

森野はわざと、見えるようにゆっくりと陽菜乃の指を口に含んで、舌を出し、指の間を舐めてきた。

それが陽菜乃の視界に入って、慌てて目を逸らす。

「っ……」

濡れた舌先が指をなぞる。舐めているのは指だけなのに、その光景はひどく淫靡《いんび》だった。

胸の鼓動が大きく響くのを陽菜乃はどうすることもできず、ただ森野のされるがままになることしかできなかった。

森野は手を離して、陽菜乃に笑顔を向ける。

「じゃあ、帰ろうか」

陽菜乃は熱くなったままの身体で、こくりと頷《うなず》いた。


家に帰って、その日倉庫で目にしたことを、陽菜乃はPCに打ち込んでいく。

そして、帰り際、森野に緩《ゆる》く指を舐められたことも。

――すごくドキドキした。

指を舌が這っていく感触は、初めてのものだった。

ただ舐められているだけではなくて、そこに視線が絡んだり、気持ちが入ることで一気に淫靡《いんび》なものとなったのだ。背中がぞくぞくした。

倉庫では、キスをしながら触れられたりしている他人の姿を見て、興奮しなかったのかと聞かれた。

興奮なら……した。

濡れてしまった下着に触れられて、自分が思いの外感じてしまっていたことも分かった。

見ているだけでも感じてしまったのに、アレをしてくれる、というのだろうか？

（――ん？）

そうしてふと気づく。陽菜乃は知識だけはやたらある。エッチなコミックスも、小説も、シチュエーションボイスもなんならアダルトビデオも、小説を書くために相当見た。

（取材させてくれるなんて機会、そんなにないんじゃ……）

この際もう、リクエストとかしてみるのはどうなんだろうか？　こういうシチュエーションはどうですか？　とか。

今書いているのはS系上司の出てくるオフィスものだ。陽菜乃はパソコンの前に座って、小説のサイトを開く。倉庫でのあのシチュエーションはぴったりで、ちらっと見た……いや、むしろ割とガン見に近かったあのシーンを書くために、陽菜乃は何度も何度も繰り返し思い出し、文字に起こしていった。

甘くねだるような声も、濡れたような音も——陽菜乃は無意識ではあったけれど、何度もなぞるようにあの時の出来事を思い返していたのだ。

気づいたら真夜中になっていて、小説を一気に書き上げていた。普段ではありえないほどの文字数を書いていたのだ。それをゆっくりと読み返し、誤字脱字がないか陽菜乃は確認した。

後日もう一度確認して、読んでいて分からないところがないかなど、落ち着いて第三者目線で見られるようになってからまた直す。それからサイトに上げるのだ。サイトに上げてからも編集を続けて、これでよしとなったら、ようやく公開予約をいれるようにしている。

それでも、リアルのインパクトはとても強くて、表現ひとつ取っても、今までとは全く違うように感じた。

（早く読者さんに届けたいな）

見ただけでこれだけたくさん書けるのなら、実際に取材なんてさせてもらったら、もっといっぱい書けちゃうのかも、とうきうきする。

そのリアルのインパクトがどれほどのものか、実際に経験していない陽菜乃は分かっていなかった。「セックスを教えてください」とはどういうことなのか。

「あ、小島さん」

「はい」

「これ、対応をお願いしたいです」

相変わらず、昼間の森野は眼鏡姿も相まって、とても真面目そうに見える。

あの後は、特に何ということもなく日々過ぎていった。あの時のことは夢だったのだろうか？と思うくらいだ。

目の前の真面目そうな係長が女性に倉庫に連れ込まれたあと、陽菜乃にも……えっちなことを教えてくれる、といったあれは。

森野はクリアファイルに入った資料を陽菜乃に手渡した。

あの時の妖艶な姿はどこにもない。強いて言うならウェブ上にはある。あの時のことを陽菜乃は小説として公開したのだから。

小説がなければ夢だったのでは？　と思うような出来事だし、そんなことを教えてくれる、というのも信じがたいことだ。

（しかも小説は好評だったし……）

ものすごくいい評価がたくさん付いてしまった。

「よく確認してくださいね」

「はい」

森野に言われて、返事をした陽菜乃は席に戻り、受け取ったクリアファイルの書類を確認しページをめくる。その手が止まった。付箋にメッセージアプリのＩＤが書いてあったからだ。

『後で連絡するから、登録しておいて』

一瞬、顔がかあっと熱くなった。陽菜乃が顔を赤くしていたって誰も気にするものではないだろう、とは思いつつも、周りを見回して、誰も気づいていないことを確認する。

案の定みんな、自分の仕事に手一杯で、陽菜乃の様子に気づいた人はいないようだった。

陽菜乃がホッと胸を撫で下ろした時、当の森野と目が合ってしまった。森野はくすっ、と訳知りな雰囲気で笑う。

一瞬だけ漏れ出た色気。きっと誰も気づいていない。その秘密めいたやり取りに、陽菜乃の心臓がどきんと音を立てた。色気は、森野がモニターに顔を戻した途端に消えてしまった。

(あ、普通に戻った)

普段はきっとこんな感じだったから気づかなかったのだろう。

陽菜乃は付箋を剥がして、スマートフォンのケースの内側にぺたっと貼り付けておく。

夢でもなかったし、森野も忘れてもいなくて、あの約束はまだ生きていたらしい。

こんなことにまで律儀な森野は、やはりいい人だと陽菜乃は思う。

昼休憩の時に、休憩室でお弁当を食べながら、先ほどの付箋に書かれたＩＤをアプリに登録し、森野にメッセージを送る。

『よろしくお願いします』

すると割とすぐ既読がついた。

『こちらこそ』

それに陽菜乃はペコリとおじぎをしているスタンプを送っておく。

休憩室の窓から見えるお日様がやけにキラキラして見えた。


そして約束の金曜日がやってきたのである。

この日は特に問題なく仕事も進んだ。定時を回ったことを腕時計で確認して、陽菜乃は席を立つ。ちらりと森野の方を見てみると、まだ仕事が残っているようで、書類を片手に少し難しそうな顔をしていた。

席を立った陽菜乃はスマートフォンを確認する。森野からメッセージが入っていたのだ。

アプリを確認すると、ホテルのＵＲＬが貼られている。タップするとホテルの案内を見ることができた。

（――あ、すごくちゃんとしたホテルだ）

何か特別な時や旅行でもないかぎり使わないようなホテルだった。森野の名前で予約してあるから先に入っていて、というメッセージである。

（なんか、慣れてない？　そりゃ慣れてるか……。大人の男の人なんだものね）

まだ仕事中の森野は、陽菜乃を見て胸ポケットに手をやった。その手にはスマートフォンが握られている。パタパタっと画面に触れてなにか文字を打っている様子なのが分かる。

『ごめん。少し遅くなるから、先に行っていて』

陽菜乃もその場で返信する。

『了解です』

そして、少し考えてもう一文追加で送った。

『素敵なホテルを予約していただいて、ありがとうございます』

一瞬、森野が微笑んだように見えた。

陽菜乃はホテルに向かい、フロントで予約の名前を告げる。

フロントの男性はにこやかに陽菜乃にカードキーを差し出してくれた。

「お部屋は二十五階です。エレベーターでカードキーをかざしてから階数ボタンを押してください」

陽菜乃はカードキーをもらって、改めてホテル内を見る。ロビーはモダンでシックな内装で、つややかな石張りの床に黒の革張りのソファが置いてあり、落ち着いた雰囲気だ。ロビーに使われているライティングもキラキラとしたものではなく、ややアンダーで落ち着いている。置いてあるオブジェや花もシンプルでシックだ。

（大人の逢い引きにはすごくいい）

会社でも森野は派手ではないけれど、ひとつひとつの仕事をきちんとこなしていく人だ。冷静に考えてみると、森野は取引先ともトラブルを起こすようなことはほとんどない。

すごく、きちんとした人なのに。

（ギャップがすごい……）

仕事中は目立つこともなく、淡々と真面目にこなしているくせして、プライベートはこんなふうに慣れた様子で女性をエスコートして、相手によってはSにもなれる。

あの眼鏡に隠されているけれど、素顔はとても麗しくて。しかも女性にスマート。

陽菜乃の森野への興味は尽きなかった。

森野がリザーブしてくれたのは二十五階の部屋で、カードキーをエレベーターのパネルにかざさないと階数ボタンの押せない部屋だ。これはエグゼクティブフロアではないのだろうか。

そんな部屋をリザーブするなんて、慣れているとか、慣れていないとかの問題なのだろうか？

経験のない陽菜乃にはよく分からない。ただとてもスマートだということは分かった。

そして、ロビーの高級感を見た陽菜乃はふと不安になる。

（お部屋代、割り勘だったらどうしよう……）

財布の中身を考えてみた。ちょっと心もとない気がする。ATMでお金を下ろしてきた方がいいんだろうか？

「あの、すみません。この辺りにコンビニはありますか？」

フロントの男性は陽菜乃の質問に親切に答えてくれた。ホテルから歩いて五分ほどの場所にあるらしい。ついでに飲み物などの買い物もしておきたくて、陽菜乃はコンビニに向かうことにする。

ＡＴＭでお金を下ろすことができた陽菜乃は、ようやく安心した。

（これで割り勘でも大丈夫）

そして目に入ったのは衛生用品の棚だ。その前で陽菜乃は足を止める。

（買っておいた方がいいのかしら？）

その棚を陽菜乃はじーっと見つめた。

（いや、なんか森野係長慣れていそうだったたし、自分で用意するかも）

でも用意するのもマナーだと、どこかで読んだ気もする。

（使用期限とかあるのかしら……。それに用意って、いくつ用意したらいいの？）

陽菜乃は、ハッとした。

（いつも絶倫想定で書いているくせに、何回するのか分からないわ）

それではリアリティがないと言われるわけだと、自分のリサーチの甘さにため息が出る。

それよりも、今日、今どうするかだ。

陽菜乃はとりあえず目立った白い箱を手に取ってみた。

表面には『人生が変わる！　〇・〇二ミリ』と書いてある。

『人生が変わる！　〇・〇二ミリ』。なにやら深い。人生が変わるらしい。

陽菜乃は人生が変わるほどのセンセーショナルさは求めていない。そっとそのパッケージを棚に戻す。コンビニとはいえ、かなり種類が豊富だ。

『SUPER GOKUATSU もはやなにも感じない』

（もはやなにも……）

パッケージの語彙力がすごい。陽菜乃は首を傾げる。

（感じなきゃダメじゃない？）

そして、パッケージ裏面の説明書きを見て、陽菜乃はさらに衝撃を受ける。

（そっか！ 皆が皆、長持ちするわけじゃないんだわ！ すごい！ 深すぎる！ コンドーム！）

隣を通り過ぎた男性がぎょっとしていた。うら若くて、そこそこ可愛らしい風情の女性が衛生用品の棚の前で、コンドームの箱裏の説明書きを食い入るように見つめているのだ。

それは引く。

しかし、その種類の多さは陽菜乃を戸惑わせるばかりだ。

（どうしよう……）

これぱかりは店員さんに聞くわけにもいかないことは、さすがの陽菜乃も理解している。

結局、陽菜乃は黒くてスタイリッシュなパッケージのものを選んだ。まさかのジャケ買いである。


ホテルに戻り、エレベーターに向かうと、とんと肩を叩かれた。

綺麗な顔の森野が微笑んでいる。

「小島さん、見つけちゃった」

「あ、森野係長。お疲れ様です」

森野は苦笑した。

「仕事中みたいだな。何？　コンビニ？　買い物行ったの？」

「はい」

慣れた様子でエレベーターを操作した森野が階数ボタンを押す。

「持つよ」

自然に陽菜乃の手から袋を受け取るのも、とてもスマートなのだ。

「何買ったの？　デザートとか？」

「あ、飲み物です」

衛生用品は紙袋に入れてくれたので、陽菜乃のカバンの中に入っている。森野が持ってくれた袋にはペットボトル飲料しか入っていない。

「飲み物だけならホテル内にもベンダーがあっただろうに」

「いえ……他にも」

森野はいたずらっぽい顔で陽菜乃をわざと覗き込んで、きゅっと手を握った。

「もしかして、スキンとか？」

(ば、ばれたっ！)

「大事なことだよね」

優しい声だった。森野の声はトーンも響きも、陽菜乃の耳に心地よく聞こえる。高すぎも、低すぎもしない声の持ち主なのだ。けれどこんな時は普段の仕事の時とは微妙に違う甘さを含んでいる。

少しひそやかな響きは、二人の距離感のせいもあるのかもしれなかった。

しかも陽菜乃がコンドームを買いに行ったことをからかうでもなく、大事なことだと言ったのだ。陽菜乃はその瞬間、優しくそう言ってくれた森野の言葉に胸がいっぱいになった。恥ずかしいことではなくて、大事なこと。握っていてくれていたその手を陽菜乃は握り返す。

するとその手を軽く引かれて頬にキスされた。

「ごめん、部屋まで我慢できなかった。そんなふうに握り返すから」

苦笑気味に微笑まれて、陽菜乃の胸はきゅんとする。

もともと整った森野の顔だが、こんな笑顔を仕事中はあまり見たことはない。作った笑顔ではなくて、自然な表情だ。

こんな森野だから、身を任せてもいいと思えたのかもしれない。急に恥ずかしいような気がして、陽菜乃は森野の顔が見られなくなって、俯《うつむ》いてしまった。それでもつい盗み見たくなってしまう。

(本当に顔が綺麗なのよね)

近くで見ると森野は白くて綺麗な肌をしていて、焦茶色の瞳は長いまつ毛に彩られている。綺麗な二重の持ち主で、甘さのある優しい顔立ち。

見惚れそうになっていると、エレベーターが二十五階に到着し、森野にリードされて部屋の中に入る。

緊張していた陽菜乃の耳には、カードキーでロックが空くカチャ……という音さえやけに響いたような気がした。

部屋の中はインテリアもモダンで、正面の大きな窓からは夜景が綺麗に見える。何層にも重なるビルと高層階からの奥行のある景色は、キラキラと星屑を散りばめたようだった。

「すごい……素敵……」

「小島さん、何か食べた？」

「いえ。コンビニに行っただけです」

「お腹すいたよね？　下のラウンジで軽く何か食べる？」

そう言ってくれたけれど、陽菜乃はつい自分の格好を見てしまう。引くくらい地味だ。

「ん？」

「そんなホテルのラウンジに行けるような格好で来てないんですけど」

「じゃあ、ルームサービスを頼もうか」

森野は陽菜乃にルームサービスのメニューを手渡してくれる。

「なんでも好きなのを頼んで。コース料理でもいいよ」

優しい表情だ。陽菜乃はじっと森野を見つめた。

「どうしたの？」

「森野係長、どうしてそんなに優しいんですか？」

「優しいかな？」

「はい。とっても」

まだ立ったままだった陽菜乃の手を引いて、ベッドに腰掛けさせてくれる。

森野もその横に座った。

その近くなった距離に、陽菜乃はまた胸がドキドキしてくるのを感じた。横に並んでいるから、綺麗な顔が見えないだけまだ救いだ。真横で肩が触れあいそうな距離。何だか爽やかないい匂いがするし、その香りだけで鼓動が大きくなりそうだ。

「宮沢賢治の注文の多い料理店って知ってる？」

そう耳元で囁かれた。

もちろん知っている。二人の狩人が山の中で迷った時に『西洋料理店』を見つけて、店に入る。『当店は注文の多い料理店だ』と書かれており、二人は、それは「客からの注文が多いから、料理が出てくるまでに手間取るのだろう」と解釈した。店に言われるがままに準備をしてゆくと、それは二人を料理の食材として食べるための下準備だった、という話だ。

（それはつまり……？）

「あの……私食べられちゃうってことですか？」

だからルームサービスを？　栄養をつけて食材にされてしまうということ？

「美味しいかどうかは保証できませんけど！」

身体を折り畳まんばかりにして爆笑した森野は、ベッドの横にあった電話機でルームサービスを頼んでいる。陽菜乃に向かって笑顔を向けた。

「軽食でいい？」

「はい」

先ほどのやりとりを思い出したのか、まだくつくつと森野は隣で肩を揺らしている。

「食べられに来たのかと思っていたけれど？」

それはある意味正しくはあるのだが。陽菜乃は返す言葉がなかった。

「どうだろうね？　美味しく仕上げて食べちゃうつもりかもね？」

ベッドの上で隣に座っている陽菜乃の顔を覗き込んでくる森野の表情は、イタズラっぽさの中に妖艶さを含んでいる。

どくん、どくんと大きく音を立てる陽菜乃の心臓はとびだしそうだ。

森野は昼間とは全く違うから、陽菜乃はどうしたらいいのか分からなくなってきた。

「スキン、本当に買ってきてくれたの？」

「はい。迷ったんですけど……」

「迷う……？」

「買うこともですし、知ってます？　種類がすごくいっぱいあるんです！」

それはもちろん森野は知っているだろう。にこりと森野に笑顔を返されて、はしゃいでしまった陽菜乃は恥ずかしくなった。

「専門店でも行ったの？」

コンビニで買ったことはさっき話して知っているのに、からかうように言われたその言葉に、つい陽菜乃は反応してしまう。

「専門店があるんですか!?」

（専門店とは!?）

「あるよ。可愛いパッケージとか味がついたものも売っている。行きたい？」

（味ーっ!?）

「はい！　行ってみたいです！」

ものすごくいい返事をする陽菜乃に、森野は笑顔を向ける。

「今度連れて行ってあげようか？」

「あ……でも申し訳ないです」

今もこんなふうに時間をもらってしまっているのに、さらに森野のプライベートの時間を拘束することに申し訳ない気持ちになったのだ。

「では、声をかけるから、都合が合えば一緒に行こう」

森野は、陽菜乃の負担にならないように、こう返事をしてくれた。

初めて森野と近くで接することになって、やっぱり気遣いができる人なのだ、と陽菜乃は感じた。

「なあ、小島さんはいつもこんなことしているのか？」

「こんなこと？」

「取材と称して俺がしたみたいにホテルに連れ込まれちゃうのか？　ってことだよ」

さっきまでは柔らかい雰囲気だった森野が、今は至って真面目な顔をしていた。

陽菜乃がいつもこんなことをしているなんて思われたらたまらない。

「しません。してません！　表現力が不足してるって指摘を痛く感じたのは、それが本当のことだからです。私には経験がないから……」

「ちょっと待って。経験がないってどういうこと？　まさか処女ではないよね？」

慌てたように森野が陽菜乃に尋ねる。陽菜乃は首を傾げた。

「えーと……経験したことのない人をそういうふうに言いますよね？」

森野は隣で、はーっと大きくため息をついた。

「付き合った経験はありそうだと思っていたんだけど？」

「それはありました」

「セックスの経験がないってこと？　けどそういう雰囲気になるだろうに」

「なりますけど……」

陽菜乃にはそれがうまくいかなかった理由があった。

「興味はあります。多分、人一倍」

「そうか。けど興味があってもホイホイついて行かないように。どうにも小島さんは心配だな」

「大丈夫！　今までもそんなことありませんでしたから！」

（あれ？　これって胸を張っていい場面なの？）

森野はくすくす笑っている。

「で、何を知りたいって？」

「エッチのリアリティを知りたいんです！　エッチのリアリティって何ですか!?」

「ああ。ＴＬだっけ？　読んでみたよ。結構エロいよね。女子ってああいうのがいいのかなって少し思ったけれど」

——そう！　確かに結構エロ……

（……ん？）

「読んだんですか⁉」

「まあ、興味はあったから」

（この人がＴＬ小説を買うとか……）

ＴＬ小説といえば、作品にもよるけれども、最近は表紙もなかなか露出度が高いものが多い。

「本屋さんも驚いたでしょうね」

想像して、陽菜乃はなんだかしみじみした声になってしまった。このお顔立ちも麗しい森野がＴＬ小説を買っている姿を。

「さすがに電子書籍だよ。それでも通勤の時は読みにくかったな。でも小島さん、きっと本名では書いていないよね。ペンネームっていうの？　教えてくれたりとかは……」

「するわけないですよね！」

陽菜乃は即答する。

「なんだー。残念」

森野はあははと笑っているが、本気なのか真面目なのか、からかわれているのかよく分からない。

「リアリティ……ね。やっぱり実践してみたらいいんじゃない？」

陽菜乃は森野のその誘うような瞳に逆らえないような気がした。

「初めてでも、森野係長はいいんですか？」

「小島さんこそ、初めての相手が俺でいいの？」

陽菜乃はこくりと頷《うなず》いた。森野が眼鏡を外してスーツの胸ポケットに入れる。その仕草はひどく妖艶で、目で追ってしまった。

その時だ。ピンポン！　と部屋の呼び鈴が鳴ってどきんとする。

「ルームサービスかな」

そう言って森野はベッドから立ち上がった。ふっ、と普段の様子に戻って、何事もなかったかのようにルームサービスの人に森野は対応している。とても大人なのだ。

陽菜乃はもうさっきからずーっと胸がどきどきして、どうしたらいいのか分からない。

なのに森野は全く平気な様子なのだ。鼓動が激しくてドキドキしすぎて自分の声は聞き取りにくいし、緊張して何を話しているかも分からない。きちんと会話になっているだろうか。

それに……初めてなのだと正直に言ってしまった。森野は引いてはいなかったけれど、ひどく驚いた様子ではあった。

(もうやめちゃおうって思わないかな？)

人によっては、初めての女性を相手にしたくないと思ったりする、とも何かで読んだ。

「小島さん、一緒に食べよう」

陽菜乃が考え事をしている間に、食事は窓際に置いてあるテーブルの上にきちんとセッティングされていた。森野が頼んでくれたのは、ホテルのレストランで作られているというハンバーガーだ。

いかにもおしゃれで艶やかなバンズに、ファストフードとはひと味違う、ジューシーでぶ厚いハンバーグがくしで刺して挟んである。

「おいしそうです！」

付け合わせも黄金色の綺麗なじゃがいもを揚げたものが添えられていて、本当に美味しそうなのだ。おいでおいでしている森野の向かいの椅子に座った。

「いただきます」

陽菜乃が手を合わせてそう言うと、森野はくすりと笑う。

「どうぞ」

一人暮らしをしている陽菜乃は、普段自宅に帰っても一人で食事をしている。『いただきます』といっても『召し上がれ』と返事してくれる人はいない。

ナイフとフォークを手にして、そんなことを考えつつ、陽菜乃は少しぼうっとしてしまった。

「小島さん？」

それを不審に思ったのか、森野が声をかけてくる。

「いつもは一人なので『どうぞ』って言ってくれる人はいないんですけど、そういうの、いいですね」

森野も口元に笑みを浮かべていた。

「俺も小島さんがきちんと手を合わせて挨拶するのをいいなぁって思って見ていたよ」

何となく二人で顔を見合わせて、ふふふと笑う。どきどきしたり、緊張したりもしたけれど、いい雰囲気でよかった。

「フレンチとかじゃなくてよかったです」

この状況で何本ものナイフとフォークを使って食事をするんじゃなくてよかった、と陽菜乃は思ったのである。ナイフとフォークを使っていても、食事の内容がハンバーガーならカジュアルだ。

「フレンチを選択したら止めようと思っていたけどね？」

その森野の言葉に陽菜乃は首を傾げる。

「お腹いっぱいになっちゃうだろう。お腹いっぱいでは動けないしな。眠くなられても困るしね」

「ごほ、ごほごほ……っ!!」

(付け合わせのポテトが変なところに……てか、動けないって？)

「大丈夫？」

陽菜乃の動揺している様と比べて森野はとても冷静だ。

「だ、大丈夫です。ちょっとヘンなところに……あの、動けないとか？」

「まあ、どういう動きになるかは小島さん次第だけど」

「う……動き!?」

(どういう動き!?　それってどういう、どういう動きなんでしょーか!?)

「俺の上で激しく動いてくれてもいいんだよ？」

「激しくですか？」

とても食事中の会話とは思えないのだが、こんな会話をしていてさえ、森野からは品が失われることがない。しかも本当にとても整った綺麗な顔だ。柔らかそうな髪と色素の薄い瞳。森野は緩《ゆる》く首を傾げて陽菜乃を見つめてくる。

「俺ね、気に入った子とは食事を一緒にすることにしているんだ」

「食事ですか？」

急にそんなことを言われて、陽菜乃は戸惑う。

「うん。小島さんは作っている人に感謝の気持ちを持てる人。で、同席してる俺にも気を遣う人。俺がカトラリーを持つまでナイフとかフォークを持たなかったよね？　食べ方は一つ一つを確認しながらとても丁寧だった。きちんとしたお家で育ったんだろうなぁって思ったな」

そんなことをつぶさに観察されていたとは思わなかった。陽菜乃は妙に恥ずかしくなってしまう。

「それに食べている姿は、時にとても性的で、まるで前戯のように感じることもある」

「性的ですか？」

「うん。映画の演出なんかにもよくあるよね。ものを食べさせることでエロスを感じさせるシーンとか、すごくいい」

それには陽菜乃も妙に納得してしまった。

食べることが性的……そう言われると、森野の前で食事をすることに妙に抵抗を感じてしまう。そんな目で見られると困ってしまうからだ。

困っている陽菜乃を見て、森野はふっと微笑む。そのとてつもない艶に、陽菜乃はさらに動きがギクシャクしてしまった。

微笑んだ森野が、お皿の上に載っているハンバーガーの付け合わせのポテトを手にして、それを陽菜乃の口元に持ってくる。

「口、開けて？」

あんなことを言われたばかりで口を開けるなんてひどく恥ずかしい。

「恥じらうそんな顔が可愛いよ。ほら、食べさせてあげるから」

陽菜乃はためらいつつ口を開けた。口の中に塩で味付けされたポテトが入れられる。陽菜乃はそれをゆっくり噛んだ。森野は噛んでいるその唇をゆっくりと指でなぞる。

「小島さん、感じやすそうですごくいい」

先ほどからの森野のこの妖艶な雰囲気は何なのだろうか。

特に「初めての相手が俺でいいの」と眼鏡を外してからは、森野の中から何か真の姿が出てきたかのように雰囲気が違う。この人は一体誰？　と思うくらいだ。

唇をなぞる指にすらぞくんとする。森野に触れられて、唇すら性感帯なのだと知った。

ゆっくりと立ち上がった森野が、テーブルの向こうから陽菜乃の方に歩いてくる。

前に立った森野は、陽菜乃の顔を両手で包み込んだ。

「シャワー浴びてくる？」

その綺麗な顔にまっすぐ覗き込まれて、こくっと陽菜乃は頷《うなず》いた。

（は……破壊力がすごい……）

バスルームに入った陽菜乃は、ドアを閉めた瞬間、我に返った。

（あの顔の破壊力はまずくない？）

なにを言われても「はい」と返事してしまいそうだ。綺麗すぎて、夢見心地で頷《うなず》いてしまった。

で、何しに来たんだっけ？　と改めて確認したくなるほどだ。

（今から？　そういうことするの？　あの人と？）

ものすごくピンと来ない。服を脱いでシャワーを浴びても、それはまるで普段の延長線上のようにも、現実感がないようにも感じて、とても不思議な気持ちだ。

（浮かれているのかしら？）

その自覚もある。ふわふわした気分が先ほどから抜けないから。

陽菜乃はシャワーを浴び、そうしてふと考えてしまう。

（ん？　髪って洗うべき？）

いや、誰かが言っていた。

コトを起こす前のシャワーで首から上は洗う必要はない、と。

シャワーを浴びて、しっかり歯磨きをして、陽菜乃は鏡を確認する。ハンバーガーのバンズのゴマも歯についていないことをチェックした。

——よし！　いざ！

覚悟を決めた陽菜乃は、タオルを外そうとして気づいた。

（あれ？　バスローブは？）

やはり完全に浮かれていたとしか思えない。バスローブを部屋に置いたままバスルームに来てしまったらしい。

（もう、本当に私はこういうところが……）

陽菜乃はそっとバスルームのドアを開ける。

「あの……森野係長？」

「ん？」

森野はスーツのジャケットを脱いでネクタイを外し、襟元を緩《ゆる》めている。バスルームから声をかけた陽菜乃に首を傾げて笑顔を向けた。その色気に胸が掴まれそうだ。

「その、バスローブを忘れてしまって……」

「そのまま出てくれれば？」

「だって、タオル一枚です。服着た方がいいですか？」

「いや。タオルで」

すごくにこにこしているけど、言っていることはひどくないだろうか？

「え？　無理です」

「どうせ脱ぐでしょう？」

「でも、無理です」

「はい」

そう言った森野は、立ち上がって陽菜乃のバスローブを広げてくれる。けれど、バスルームまで来てくれる気配はない。ここまで来い、ということのようだ。

陽菜乃は半泣きになる。

「む、無理ですぅ……」

「大丈夫、ほら見ないから、目瞑《つぶ》ってるからここまでおいで」

森野が目を閉じているのを確認して、陽菜乃はてててっと小走りになって、その広げてくれたバスローブの中に入る。そのままぎゅっと抱きしめられた。

「捕まえた」

くすくすと耳元で聞こえる楽しそうな笑い声。

「本当に可愛い」

そんなことを言いつつも、森野はきちんと陽菜乃のバスローブの前の紐を結んでくれる。

「いっぱい可愛がりたいな。待っててくれる？」

もう一つのバスローブを持って、森野はごく自然にバスルームに向かった。

（何なの一体……）

頬が熱い。陽菜乃の突拍子もないお願いを聞いてくれたかと思ったら、とっても素敵なホテルを用意してくれて、楽しそうに陽菜乃のことを可愛いと連呼する。

しかも普段の真面目な様子とは全く違って、プライベートの森野は甘かったり優しかったり、ちょっぴり意地悪だったりする。

その様子はいろんなことに慣れていて、この人は悪いオトコなんだ！　という陽菜乃の印象はさらに強くなった。

素敵でいい人だけれど、悪い男。
けれど、多分絶対嫌いにはなれない。魅力的な人だ。
そんな人に教えてもらえるんだから、しっかり覚えておこう。
そして、それをきちんと役立てますから！
陽菜乃はベッドの上でぎゅっと拳を固めて、決意した。

第二章

森野英はモテた。物心ついた頃にはもうすでにモテていた。

だから、衣食住と同じレベルでセックスも生活の中に組み込まれていた。若かったこともある。お腹が空いたら食事をする。したくなったらする。美味しいものが好き。食べたいものは食べる。それに近い感覚だ。食事に飽きることはないように、セックスに飽きることはなかった。生活の一部なのだから。

一方で、森野は自分に本気になりそうな人とは距離を置くようにしていた。

真面目に恋愛していた時期もあったのだ。けれど、これまでの経験で、森野のドライさは相手を傷つけてしまうと知った。自分が恋愛に本気になれないのに、向こうが一方的に本気になることは不幸なことでしかない。

であれば、身体だけ、と割り切れる関係の方が、後腐れがなくていいのだ。

ずっとそう思って生きてきた。

そんな中で、コトの最中を、よりによって部下の小島陽菜乃に見られた。

倉庫で総務課の女性に迫られていたら、棚の陰でぴょこっと頭が動いたのが見えたのである。

最初は誰か分からなかったけれど、髪型を見て陽菜乃だと気づいた。いつも見ていたから。

声を上げるだろうか？　けれどその状況なら、誰だって静かにするしかないだろうと森野は計算していた。案の定、陽菜乃も気配を消してじっとしている。

軽くかわして、女性を席に戻るよう促す。そして足音を忍ばせて、ぴょこっと頭が見えたところに歩み寄った。段ボールの後ろで、陽菜乃がふう……と息をついて、耳を真っ赤にして息を整えているのが見えた。

「立てなくなった？　手伝おうか？」

陽菜乃は、ひえぇぇぇぇ……という声が聞こえそうな顔をしていた。それはそうだろう、もういないはずの森野に声をかけられたのだから。普段見たことのない顔である。

「い、一体いつから……」

「荷物が落ちた辺り？　頭がぴょこっと動いたのが見えて。まずいなとは思ったけど、隠れたから。覗き趣味なのかなーと思って」

そんなことはないと分かっていたけれど、あえてそんなふうに尋ねたのだ。露悪的に言った時の陽菜乃の反応が見たかったのかもしれない。

「誰がっ!?」

「小島さん。だってずっと気配消しながら見てたんでしょ？」

「見てませんっ！　ちゃんと目を閉じてましたからっ！　私だって出たかったんです！　なのにそこ、ドアの前じゃないですか」

普段は淡々と仕事している陽菜乃が、顔を真っ赤にしてぷりぷり怒っている。森野は笑いそうになった。

（可愛すぎだろ、その反応）

「そうだよな。見つからなくてよかったね。彼女、少し露出の気があるから、見られてたら喜んじゃうよ」

さらりと自然なことのように言うと、一瞬、陽菜乃はくらりとしたようだった。

けれど、すぐ立ち直る。動揺してもすぐに立ち直るその感じは、起き上がりこぼしのようで可愛かった。つつかれて、ゆらりとしてもすぐにまっすぐに立とうとするので、森野はつい何度もつつきたくなってしまったのだ。

「森野係長、ここ会社ですよ。こんなところでダメだって思わないんですか？」

「その背徳感がたまらないんだろ、きっと？」

つついてよろめいても、健気に起き上がってくる陽菜乃はとっても可愛い。

陽菜乃の普段の勤務態度は真面目一辺倒だ。時にはサボったりすればいいのに、そんなこと思いもつかないように、いつも一生懸命仕事をしている。そんな真面目で一生懸命なところに好感を持っていた。

知られなければよかったのに、と思う。

こんな自分のことなんて、知られなければよかったのに。

陽菜乃には、きっと軽蔑されてしまうのだろう。

「隠れて覗き見なんてしてたら、興奮しないか？」

陽菜乃はそんなことを言う森野をキッと睨んできた。その目にゾクっとする。まっすぐで曇りのない瞳。キラキラと光って森野を見た後に、顔を伏せてしまった。

(何、逸らしてるんだよ？)

俯《うつむ》いて森野をまっすぐ見ない陽菜乃に何だか腹が立つような気がして、すごく意地悪したくなってしまった。軽蔑したならそんな可愛い態度を取らないでほしい。きっと、陽菜乃は森野が意地悪をしているとは思っていないだろう。

「どうだった？　こんなところで今にも始めちゃいそうなの見て、興奮しなかった？　触れられてるところ見て、身体が熱くなったりは？」

わざと陽菜乃の耳元で囁く。一気に身体が近くなって、森野の目線からは小さな頭と細くて白い首筋が見えている。

いつも陽菜乃はきゅっと髪を一つに結んでいる。森野の席の位置からだとよく見えるのだ。これまでにないほど近づいたその首筋は少ししっとりして上気していて、そこにキスしたくなった。耳元は真っ赤で柔らかそうで、感度も良さそうだ、と考えてしまう。

「耳が赤い」

欲望に任せて、思わず耳を咥《くわ》えてしまった。

「ひゃ……」

びくんと揺れた身体と、驚いた声に妙に興奮した。

「可愛くて美味しそうだ」

遠慮なく耳に舌を差し入れる。そんなことができたのは、この状況でも、陽菜乃が本気で嫌がるそぶりを見せないからだ。ぞくぞくっと身体を震わせる様は男を喜ばせるだけである。

陽菜乃はとても無垢で初心《うぶ》で純真だ。

――こんな彼女が俺の手で堕ちたら？

それに素質がありそうにも思える。

そんなのは妄想であることは十分承知しているけれど。

この時森野は、陽菜乃が耳年増のＴＬ作家であることなんて知らなかったのだ。

席に戻った後の陽菜乃は、普段よりもぼうっとしていた。刺激的すぎたんだろう。

大丈夫かな、と思いつつ森野は営業に出た。

時計はまもなく二十一時になるところ。直帰しようと思っていたのだが、ふと思い立って会社のビルの前に行くと、フロアに電気がついているのが見えた。

何となく、陽菜乃ではないかと思った。昼間あれだけ動揺していたのだから、まだ終わっていない可能性もある。効率が落ちたのだとすると、それは自分の責任だ。

そう思って見にいくと、やはり陽菜乃がまだデスクにいて、パソコンに向かって真剣に何かを打ち込んでいた。

真っ暗な中、陽菜乃のいるところだけ電気が点いているのは残業申請しているからだ。そんなことは分かっているけれど、まるでスポットライトが当たっているかのようなその様子に、森野はしばらく見入ってしまった。

普段の彼女なら、時間を押してしまうようなことはほとんどない。定時になればさっと帰る。悪いことをしたかもしれないと少し反省した。少しだけだ。もちろん後悔はしていない。

森野は周りが見えていない様子の陽菜乃に声をかける。手伝おうかと申し出たら、ものすごい勢いで断られた。

さらに、動揺していた陽菜乃はカバンの中身を思い切りぶちまけてしまったのだ。

(動揺しすぎじゃないか?)

カバンの中から飛び出た文庫を何気なく手に取る。

(本を読むのが好きなのか)

そう思って、見るともなく見えてしまったその中身。

「『太腿は大きく開かれ抵抗する術を持たなかった。差し入れられた指はごく浅いところをそっと撫でる……』」

それは多分クリ裏にある部分のことだと思う。女性は高まってくると興奮して、男性と同じように勃つ。慎ましやかに主張するそれは可愛らしくて、森野は好きだ。その状態で中に触れると、裏の部分は外で感じるのとはまた違う感じ方をするようなのだ。

「やけに詳しいな。やっぱり浅いところって気持ちいいの?」

(こんなふうに書かれているということはやはり気持ちいいんだろうか?)

純粋に疑問に感じて、森野は聞いてしまった。確かに触れると女性が乱れる場所ではある。

「……!」

その本を見られたくなかったようで、動揺した様子の陽菜乃は慌てて森野の手元からその本を奪い取っていった。その顔が真っ赤だ。

その後の陽菜乃の発言は、森野には晴天の霹靂《へきれき》のようなものだったけれど。

「その、森野係長はそういうことに慣れていらっしゃるんでしょうか？」

「そういうこと？」

「教えてほしいんです」

「なにを？」

「その……セックス……です」

「は？」

森野はそんな間抜けな声はここ数年出したことはなかった。

(教えてほしい？　セックスを？　習い事ではないと思うんだが)

けれど、その後の陽菜乃の打ち明け話に森野はとても興味を持ったのだ。

陽菜乃がＴＬ作家であること。そしてティーンズラブとはどういうものなのか。

(あれを小島さんが書くのか？)

——目の前の初心《うぶ》で無垢そうな女性が？

妙に興奮した。

そして、陽菜乃を独占したいとなぜか思ってしまったのだ。

◇　◇　◇

陽菜乃が決意を固めていると、森野がバスルームから出てくる。

同じシャワージェルの匂いのはずなのに、森野から香ってくるものはもっといい匂いのような気がした。

「いい香りです」

「うん。ここのシャワージェルはなかなかいいものだったね」

「はい」

そう答えたけれど、何かが陽菜乃の中に引っかかった。引っかかったものが何なのか、その時の陽菜乃は流してしまったのだけれど。

なぜならば、陽菜乃の顔に触れた森野の指にどきりとしたからだ。森野の半分濡れた髪と、整った端整な顔。甘くて少しだけ色気のある表情に釘付けになる。

「で、何を教えてほしい？　なんでも教えてあげる」

（くらくらします……）

「小説だっけ？　どういうのが人気なの？」

「ドSとか人気です！」

陽菜乃は即答してしまう。

「ドS……」

「って言っても、縛ったり叩いたりとかではなくですね、ちょっと意地悪するとか、焦らすとか、強引とか」

「そういうのをドSって言うの？」

「言いますねぇ」

「俺はドSではないと思うけど……安心して。そういうのは得意」

(安心なのか安心でないのか分からなくなってきましたー！)

「小島さんは経験がないんだよね？　そんな小島さんが泣きながらしてって言ってくれたら、すごく興奮すると思う」

発言している内容からは信じられないほどの綺麗な笑顔を向けられた。

(あ、やっぱりこの人ドSでした)

リクエストなんてするまでもない。

「ね……」

いつの間にか背中がベッドについていて、その腕に囲われていた。

「キス、してもいい？」

顔が、近い。甘く蕩《とろ》けそうな声。

綺麗な茶色い瞳を見つめながら、陽菜乃はこくん、と頷《うなず》いた。

そっと陽菜乃の胸の上に森野の手の平が置かれる。

その大きな心臓の音は自分の耳に響くほどにどくんどくん言っているのに、そんなところに手を置かれたら、きっと知られてしまう。

鼓動が大きくなっていることを知られてしまうと思うと、さらに心臓が大きな音を立てる。

「すごくどきどきしてる。早くて、どくどくしてる」

「だって……」

キスしていい？　って聞いたくせに、軽く鼻とか擦れ合わせたりしてくるから。

「キス……しないんですか？」

「するよ。どきどきしているのに直接触れて、それを堪能してる。小島さん、セックスを知りたいって言ったよね。もう始まってるってこと」

もう？　緩《ゆる》く胸に触れられていることが？　ただひたすらどきどきさせられていることが？　甘くて淫靡《いんび》なこの雰囲気が？

そっと唇が重なる。

ただ重なるだけのそれが何度も繰り返されて、それだけでも陽菜乃は身体の力が抜けそうだった。

キスしたことはある。なのに森野のキスは、今までにしたことのあるキスのどれとも違うように感じたのだ。唇を合わせる、ただそれだけで声が漏れそうになる。キスの上手い下手があるとしたら確実に森野は上手な人だ。

キス上手《うま》選手権があれば、間違いなく優勝だ——そんなくだらない思いつきも、一瞬でどこかに行ってしまった。

気持ちよくて、心地よくてふわふわする。唇で唇をくすぐられるその感触は、陽菜乃が経験したことのないものだった。

「ん……ふふ……」

甘い声と漏れてしまった笑い声。それを聞いて森野は笑っていた。

「小島さんの笑い声好きだな。普段すごく真面目に仕事していて、こんな時は全く違う顔なんだな。誰かに見せたりするの？」

「彼氏もいないのに、誰に見せるんです？」

「それもそうか」

それを聞いた森野が妙にご機嫌なのはなぜなのだろうか。

陽菜乃のそんな疑問をよそに、二人で緩《ゆる》く何度も唇を重ねる。次第に陽菜乃はその感覚に夢中になっていった。

「蕩《とろ》けそう……です」

「俺も気持ちいいよ」

「本当？　だって、私はきっとキスも慣れていないのに……」

「気持ちいいって素直に伝えてくれるの、すごく可愛いんだけど。元カレたちに嫉妬しそうだよ」

きっとそうは思っていないのに、そんなふうに言ってくれることが優しいと思う。

ふわりと森野の手が胸元に触れた。ごくごく柔らかいその触れ方は撫でるように優しくて、もどかしいような、気持ちがいいような不思議な感じだ。

少し温かい森野の手の平は、ゆっくりと身体のラインをなぞるように胸から脇腹、お腹から腿へと動いてゆく。

腿からゆっくりと内腿へと手が動いて、皮膚の柔らかいところに触れ……

「ひゃぁんっ……あははっ……くすぐったいですー」

「えー……」

森野に内腿の柔らかいところをもにもにと揉まれる。

「きゃははっ……」

こらえきれない笑い声を陽菜乃は漏らす。

「……嘘だろ」

陽菜乃はハッとした。

森野は軽く目を見開いて驚いた様子だ。

「森野係長！　ごめんなさい！　係長は悪くないんです！　私が、私がすごいくすぐったがりで」

「もしかして、今までできなかったのってそれが原因？」

森野はごろん、と陽菜乃の隣に寝転がるとそう尋ねた。

「はい。そうです」

陽菜乃は軽くため息をつく。極端なくすぐったがりなのだ。

甘くていい雰囲気のときに笑われたら、誰だってがっかりするだろう。

『そういうの、萎える』

陽菜乃に向かってハッキリとそう言った元カレもいた。

森野も、さっきまで陽菜乃の上にいたのに、ころん、と横に寝転がってしまった。

きっと萎えちゃったんだろう。陽菜乃はそう思った。

（係長、せっかく教えてくれるって言ったのに……）

横にいる森野の気配を感じながら、陽菜乃はホテルの天井を見つめた。

天井にまで柄が入っていておしゃれだなあ……と思いつつ、一方でせっかくこんな素敵なホテルを予約してくれた森野に申し訳ない気持ちでいっぱいになった。

（どうして私はこうなんだろう……）

そんな陽菜乃の耳に、森野の低い声が流れこんできた。

「そういうの、滾《たぎ》る……」

「え？」

驚いて陽菜乃が聞き返そうとすると、覆いかぶさるように森野が陽菜乃の上に身体を寄せていた。

（――ゆ、床ドン!?）

両腕は陽菜乃の横にあって、完全に囲い込まれてしまっていた。バスローブ姿の森野が陽菜乃を上から優しく覗き込んでいる。

「小島さんは多分すごく感じやすいはずだよ。感じやすすぎて、くすぐったくなっちゃう。素質はある」

「本当？　萎えませんか？」

「萎える？　どこが？　さっきから可愛いって言ってるだろう？」

優しいけど、どこか真剣な目が陽菜乃をまっすぐに見つめている。

「小島さん、試してみたい。いい？」

いい？　と聞かれてぎゅうっと抱きしめられた。

ぎゅっと抱きしめられた胸の中でそんなふうに問われたら、つい頷《うなず》いてしまうのではないだろうか。


「待って……無理っ……」

陽菜乃は涙目で森野を止めた。

それはアレがアレな意味ではない。

さんざんあちこちに触れられて、最初は肌の柔らかいところがくすぐったかっただけなのに、最終的にツボに入ったかのように、どこに触れられても笑ってしまっていたのだ。

笑いすぎて涙が出ていた。

「もー、やだ」

今度は本当に泣けてきた。

「こんなの、やだ。私だってちゃんとしたいのに……」

よしよし、と森野が頭を撫でてくれる。

「でも、前に倉庫で見てた時は、小島さんちゃんと濡れてたよな？」

そうして森野は陽菜乃のあらぬ場所をじいっと見つめる。何だか視線を感じて、陽菜乃はそっと足を閉じて、さらにそこを手でも隠してみた。確かに今はそこには触れられていない。

「触ってみてもいい？」

足をそっと開かれる。

「大丈夫。イヤならすぐやめる」

絶対にこの人ならひどいことはしない。なぜかそれだけは信頼できる。

とはいえ、自分から足を開くなんて陽菜乃にはもちろんできない。

けれど森野に少し強めの力で、優しく足を開かれてしまった。何だか急に陽菜乃は恥ずかしくなってきてしまった。

「恥ずかしいの？」

そう聞かれて、こくりと陽菜乃は頷《うなず》く。

「いいから、見せろよ」

恥ずかしい。ひどく恥ずかしいのに、その柔らかく強引な声に逆らえない。

違う、逆らいたいんじゃない。従ってしまいたくなる。

そんな気持ちが自分の中にあることに陽菜乃は戸惑っていたのだ。

「や……、恥ずか……しい」

それでも恥ずかしい気持ちが勝って、ぎゅっと目を閉じてしまう陽菜乃は、甘く強引に足を開こうとするその手の動きに身を任せてしまう。

「すごく可愛い」

陽菜乃の足を割り開いた森野は、そんなふうに感想を述べる。

「そんな場所、可愛くなんか……」

するっ、とそこに指が触れて、陽菜乃の身体がぴくんと揺れてしまった。

「濡れてる……」

「え？」

驚いた顔をする陽菜乃に、森野はゆるゆるとその部分を擦ってみせる。

「んっ……」

つい漏れてしまった甘い声と、その指の滑らかな感触が、濡れてしまっていることを感じさせる。

ぬるぬるとした滑らかな動きに、少しだけくちゅっという音が混じった。

その音が耳に入ってしまって、ぴくっ、と身体が揺れるのを止めることができない。

「慣れてないだけで、きちんと気持ちよくなれるんじゃないかな」

「ほ、本当ですか!?」

今までは、陽菜乃がくすぐったがってしまうせいで、ここに辿り着くこともできなかった。

こういったことに慣れている森野だから。

試してみてもいい？　とこんな時でさえ冷静に言ってくれるのに、身を委ねることにする。

「ここ、触られたことある？」

ふるふるっと陽菜乃は首を横に振った。

「じゃあ、触っていい？」

そんなことを聞く森野はまたいつもとは違う顔をしている。

それはひどく妖艶で、しかも逆らえない顔だった。

森野は陽菜乃の狭間に手を伸ばす。軽く入口辺りを擦られると、そこが小さくくちゅくちゅと音を立てる。ぬめりをまとった森野の指が陰核に触れた。

触られている。その指の感触を感じて、陽菜乃の口から小さな声が漏れた。

「ん……ぁっ、や……」

「くすぐったくなるといけないから、強めにしてあげるよ」

きゅっと強くされた瞬間、その部分よりも下腹部辺りが強烈にきゅんとして、陽菜乃の腰が跳ねる。

「やっぱりすごく感じやすいんだな」

楽しそうにくるくると指で撫でられたり、摘まれたりしているうちに、腰の辺りに熱が溜まってゆくのを感じた。自然と腰が浮き上がる。

「イキそう？」

耳に蕩《とろ》けそうな甘い声が流れ込んでくる。

こくこくっと陽菜乃は頷《うなず》いた。多分この感覚を追い続けたら達することができるんだろう、とふわふわした頭で理解する。

「イキたい？」

（いきたい……？　いきたい！）

陽菜乃が頷《うなず》くと、森野はその刺激を少し緩《ゆる》める。

「……あっ……」

手が届きそうなところに何かあったのに、それを突然外されて、つい陽菜乃の口から声が漏れてしまった。

「小島さん、名前は陽菜乃だよな？」

（名前……？　なんで今そんなこと？　気持ちよくなりたい。なのに今？）

「はい……」

足を開かれた時からずっと目をぎゅっとつむってしまっていたのだけれど、そんなことを言われて思わず陽菜乃は目を開けてしまった。

目の前には綺麗な森野の顔がある。

「うん。やっと目を開けてくれた」

そこを指で強く押されて、甘いしびれが下肢を襲う。

その感覚に、つい陽菜乃が目を閉じようとすると、森野は手を外す。

どうやら目を閉じてはいけない、ということのようだ。

「誰が君をイカせるのか、しっかり見てて」

「……ん……」

目を開けるだけのことにこんなに一生懸命になったことはない。

それでも陽菜乃は必死で森野を見つめた。

森野は優しく陽菜乃を見つめ返してくれる。

その表情が甘く緩《ゆる》んで、陽菜乃の頬を指が撫でた。

「ん、いい子だね。一回イこうか？」

さっきから焦らされ続けていた陽菜乃は悲鳴のような甘い声をあげて、あっという間に高みに上り詰めてしまったのだった。

他人にイカせられたのは初めてだった。自分でするのとは違って、簡単にイカせてもらえないことなんて経験したことがなかった。触れられて、一度達しただけなのに……ぐったりしてしまった。

森野は陽菜乃の頬を軽く撫でる。

「小島さん、まだまだだよ？」

「まだ……」

「この前の本にあったでしょう？　気持ちのいいところ。そこを触ってあげる。それとも自分でしたことある？」

陽菜乃は首を横に振った。

「中に入れるのは自分では怖くて……」

「痛かったり、怖かったらすぐ言って」

その部分に緩《ゆる》く指が当てられたのを陽菜乃は感じた。そっと中に入ってくるのが分かる。

中に触れられたらどうなるんだろう？　とずっと思っていた。今感じているのは違和感だ。

「大丈夫そう？」

そうして優しい顔で覗き込まれて、森野が気を遣ってくれているのだと改めて感じた。

「大丈夫です」

緩《ゆる》く優しく中を探られて、くんっ、と他とは違う感覚のところに指が触れる。

自然にピクっと陽菜乃の身体が揺れた。森野はその部分を遠慮せずに突いてくる。

下肢からはひっきりなしに水音が聞こえてきて、その音がベッドルームに響くのが恥ずかしい。

恥ずかしいはずなのに、そんな音にすら煽られるように興奮してしまうのだ。

陽菜乃にとっては未知の感覚だった。自分ではどうしようもなく腰がびくびくっと跳ねてしまう。

「ま……って、お願い……っ」

「痛い？」

「痛くは……でもっ」

「痛くないならやめない。外も一緒に触ってあげるよ」

先ほど一回達してしまったその部分と、中の感じるところとを両方嬲《なぶ》られると、陽菜乃の下肢からは、自分がそんな音をさせているとは信じられないくらいの淫猥な音が聞こえてくる。

「あぁぁ……ダメっ……」

達するなんてものじゃない。落ちそうな感覚だ。

「イキそう？」

「やだっ！　怖い……落ちちゃうっ……森野、係ちょ……」

「大丈夫。大丈夫だから。ちゃんと受け止めてやるから落ちてこい」

強く抱き寄せられて、陽菜乃は無我夢中で両手で森野にぎゅうっと抱きついた。

びくびくっと太ももが震え、中がきゅうっと収斂《しゅうれん》したのが分かる。

何度も何度も身体が震えてしまって、その感覚を味わうように、森野の指もゆっくりと動かされていた。

そして中から指がゆっくりと引き出された時、とろりと温かいものがこぼれてしまった感覚があった。

「……ん、ぁ……」

「ちゃんと、イケたな？」

全身でぎゅうっと抱きしめられる。それは宥《なだ》めるように優しくて、陽菜乃を安心させるための行為なのだろうと分かる。

「はい」

自分ではないものに触れられる感覚、そしてそれに抵抗できない感覚というものを陽菜乃は初めて感じた。

それは強烈な感覚で、確かに一人では決して感じることができないものだ。

そして、陽菜乃はふと気づく。

（——ん？）

ぎゅっと抱かれて、森野の硬いものがぐりっと下腹部に当たっているのだ。

陽菜乃はその部分にもとっても興味があったので、じーっと森野のその部分を見つめた。

陽菜乃がものすごく見ているので、微妙に居心地の悪そうな森野だ。

そんなところをガン見されることはそうそうないだろう。

「興味津々だな……」

「あの……触ってもいいですか？」

陽菜乃がそう尋ねると、その部分はグッと質量を増した気がする。

「触りたいの？」

「舐めてみたいです！」

森野の質問に、自分がしてみたいことを思い切り回答してみた陽菜乃だ。

(あれ？　森野係長の笑顔が固まった？)

「小島さんの返事が斜め上すぎる……」

苦笑しながら髪をかき上げる森野の仕草がとんでもない色気を放っていた。

「いいよ？　舐めてみる？　好きにしていいよ」

そうして森野はバスローブの前を開けてくれる。

意外としっかりとした肩から胸にかけての筋肉質なラインと、綺麗に引き締まった腹部が見えた。

肌もなめらかで綺麗なのだ。

ついその肌に指が触れてしまう。森野にしてみれば思わぬ接触だったのか、ぴくん、と身体が揺れた。

「そこじゃないでしょ？」

顔だけではなくて、脱いだ姿までも綺麗な人。森野のその部分は、触り心地の良さそうな生地のボクサーパンツに包まれていた。

「ボクサーパンツって言うんですよね？」

パンツの前は張り詰めていて、くっきりとその形が浮き上がっている。

「そう。トランクスは収まり悪くて好きじゃなくて」

ナニの収まりが悪いかは聞かずとも分かる。

「収まり……」

男性にしか分からない意見だ。ボクサーパンツの上から、陽菜乃はその大きくなっているものに触れてみる。

「温かいわ」

その形をそっと辿るように陽菜乃が触れると、それはさらに大きさと硬度を増した。

「見てもいいですか？」

陽菜乃は森野に向かって首を傾げる。森野は苦笑していた。

「どうぞ」

もうすでにパンツの中には収まらないほどになっていたそれを解放する。

——なんというか、もっとグロテスクなものかと思っていた。

資料で見た写真のものは、確かもっと不気味な姿をしていたような気がする。

けれど森野の張りつめているそれは、先がつるつるとしていて、立ち上がっている姿はきりっとしているように陽菜乃には見えた。

浮いている血管もうっすらと見えるけれど、思っていたほどグロテスクなものではない。

「こんなところまで綺麗なのってズルいですね」

「……っ」

森野から少しだけ乱れたような呼吸音が聞こえた。

「ソレを綺麗と称する人は初めて見たよ」

「もっと嫌悪感を持つものかと思ったんです。ほら、ＡＶとかではモザイクがかかってしまうから」

「見たこともないわけ？」

「そこまで至らなかったので。資料では見たことありますけど」

それはあくまでも資料だ。

「どうしたら気持ちよくなります？」

「ここが……気持ちいいかな」

「こう？」

ここと指で示された部分に陽菜乃は手を触れる。

「ん……」

は……ぁっ、という深くて熱い森野のため息は、聞いている陽菜乃の方がぞくんとした。

「小島さん、焦らしているわけじゃないよね？」

「まさか。焦らされているんですか？」

「俺はどちらかというと自分がS系だと思っていたんだけどね？　小島さんに焦らされるのは、悪くない」

そう言う森野は色気の中に何かを堪えているような風情で、それがますます陽菜乃の中の何かに火をつけたような気がした。

陽菜乃は、先ほど「ここ」と示された部分にそっと唇を当ててみる。

つるりとしたそこには適度な張りがあって、唇にも滑らかな弾力を伝えてくる。特に味や匂いはないようだ。

不快感はなかったから、陽菜乃は思いきって舌をそっと差し出して舐めてみた。やはり味はない。

ふっ……と森野の息が乱れた。

先ほどから何度も聞こえてくる森野の乱れる呼吸の音は、やけに陽菜乃を興奮させる。みっしりとした硬度と熱を伝えてきたその先端に、今度は雫がじわりと滲んでいるのが見えた。

陽菜乃はその雫に指先で触れてみることにしたのだ。

「ぬるぬるしてる……」

先端に触れるとさらに分泌されてくるようで、その濡れたものでどんどん指先の感触が軽くなってゆく。ふと興味が湧いて、その濡れた感触を伝えてくる先端を陽菜乃はぱくり、と口先で咥《くわ》えてみた。

「こら……」

こら、と言いつつ、森野が陽菜乃を見る瞳は期待と色香で艶めいていた。

「こら、なんて言って、本当は嫌じゃないですよね？」

だって、さっきから森野の剛直は陽菜乃の刺激にピクっと手や口の中で反応したり、質感や硬度を増したりしているから。

陽菜乃は舌先をちらりと出して、森野が気持ちがいいと言っていた部分にそっと這わせる。

「悪い子だな。本当に初めてなの？」

「本当ですよ。もしそう思うんなら、きっと先生がいいんだわ」

「なるほど。俺の生徒はとても優秀なようで嬉しいよ」

どきどきする。

ベッドのヘッドレストにもたれて、しどけなくバスローブの前を開け、陽菜乃に身体を委ねている森野はとてつもなく魅力的なのだ。

——欲しい。この人にされたい。

——この、さっきからしたくてたまらないって言ってるものを自分の中に挿れてほしい。

そんなふうに思ったことも、湧き上がるように自分から露がこぼれる感触も、下腹部がきゅっとするのも、これまで知らなかった感覚だった。

「森野係長……して？」

「いいよ」

こんな時すら森野は余裕綽々《しゃくしゃく》だ。

陽菜乃を抱きしめて、自分の下に抱き込んで、優しく唇にキスしてくれる。

「分かってる？　すごく色っぽい顔をしているの」

それは分からない。けれど、自分がとても淫靡《いんび》な気持ちになっていることは分かる。

挿れられたい、なんて。

「俺の方が我慢できなくなりそうなんて、いつもはない経験だよ」

森野はとても余裕ありそうに見えるのに。

「我慢できないんですか？」

「そんな蕩《とろ》けそうにうっとりした顔されちゃうとね」

「だって、蕩《とろ》けそう。森野係長のキスはとっても素敵で、触れられていってしまうのも初めてだったし、身体も全部綺麗なんだもの」

森野は陽菜乃と指を絡めて、きゅっと手を繋ぐ。

「係長はやめようか」

「森野さん？」

森野は微妙な顔をした。まさか、名前で呼んでほしかったのだろうか？　しかし、彼女でもないのにそれはあまりにも図々しい気がする。

「挿れていいの？」

こくりと陽菜乃は頷《うなず》く。

「してほしいです」

「じゃあ、これ使おうか」

「あのっ……分かんないから何となく買ったんですけど……」

これ、と手にしていたのは、先ほど陽菜乃がジャケ買いして購入してきたコンドームだ。森野がシャワーを浴びている間にベッドの脇にそっと置いておいたのだが、気づいていたらしい。

「嬉しいよ」

箱からひとつ出して、口に軽く咥《くわ》えると、森野は着ていたバスローブを脱いだ。

(――っや……やらしっ……)

陽菜乃を跨《また》いで膝立ちし、潔く脱いでゆく姿を仰ぎ見て、陽菜乃はうっとりしてしまう。

身体を倒した森野は、自分のモノで陽菜乃の濡れた秘部を緩《ゆる》く擦った。

「はぅ……あったかい……気持ちいい」

手とは違うものが、さっきから何度もイかされて、濡れそぼってしまっている部分を行き来している。

その感覚に、陽菜乃の口からは思わず甘い声が漏れてしまうのだ。

「気持ちいい？」

森野はとても楽しそうだった。陽菜乃が感じることが楽しい、と思ってくれているのがとても伝わってくる。

だからこそ、陽菜乃も好きなように感じることができるのだ。

恥ずかしいことも、感じて乱れることも、森野は全てを受け入れてくれるという安心感があった。

下肢から聞こえるくちゅくちゅという音は淫猥で、その音は耳を刺激する。

その音の刺激にも陽菜乃は身を委ねてゆく。

「えっちな音がする……」

「感じてるのが分かって、嬉しいよ。小島さん、もし嫌だったり、痛かったらすぐ言って」

思わず枕をぎゅっと握ってしまっていた陽菜乃の手を、森野が指を絡めるように握ってくれる。

（いよいよなんだ……）

こくっと陽菜乃は頷《うなず》いた。ものすごくドキドキする。

つぷっ、と森野の先端が自分の中に入ってくるのを陽菜乃は感じた。

「んっ……あ、あっ……」

痛くはなかった。森野は陽菜乃の様子を見ながら、ゆっくりと身体を進めてくれていたからだ。

もっと痛いかと思ったのに、今は、もっと挿れてほしい気持ちの方が強い。

軽い圧迫感だけを感じる。

「大丈夫？」

優しい声が耳元をくすぐる。

気持ちいい。自分の中に入ってくる感覚が愛おしい。

温かい。

ずっとできなかったのにできた。嬉しい。

「痛くない？」

そう言って陽菜乃の顔を覗き込む森野に、陽菜乃は笑顔を向けた。

「ありがとう、森野さん……っ、すごく、嬉しい」

不安だった。もう一生誰かを肌を合わせることなんてできないのかもしれないと思った。初めてだったからできないかもしれないとも感じていた中で、ちゃんと森野を受け入れることができた。

境目なんてなくなりそうな感覚や、嬉しい気持ちや全ての感情が混ざって、軽く身体を揺すられながら、初めてする怖さよりも喜びを大きく感じる。

陽菜乃は森野が繋いでくれていたその手をぎゅうっと握って、熱に浮かされたように森野を見つめた。

「もっと……してください」

森野が軽く目を見開いたように見える。

こんなふうにお願いするなんて淫らだろうか。でも陽菜乃はもっと森野が欲しかった。

森野は、ふっと軽く笑った。

「小島さん、可愛すぎ。少し揺するよ？」

「……んっ……」

森野は陽菜乃の頬を指先で撫で、繋いでいる指先に軽く唇をつけキスをする。

「もっと、なんておねだりされたら、いくらでもしたくなるな」

その時、森野の身体がぐっと奥深くまで入ってきた。さっきまでは陽菜乃のために手加減してくれていたのだと知った。

とんっと森野の身体が陽菜乃の身体に当たる。

「入ったよ……」

「ん……」

「辛くない？」

初めてそこを押し広げられる感覚は、辛くないといえば嘘になる。

でも、奥まで挿れてもらってたくさん分かったことがあった。

森野は陽菜乃に経験させるだけのために、最初は浅く優しくしてくれていた。

こうして奥まで挿れても、陽菜乃の様子を見ながら動かずいてくれている。

抱き合うということは肌が近くて、その肌が擦れあって、尖ってしまっている胸元が森野の肌に触れて、その感触さえ刺激になると、こうなって陽菜乃は初めて知った。

中を押し広げられたら、快感どころか違和感しかないんじゃないかと思っていたけど、そうではなくて、相手を包み込みたくなるような、一つになったと心から実感できるような気持ちになるなんて、知らなかった。

もっとしてほしい、もっと知りたいと思うのが好奇心からなのか、本能的なものなのか、それとも内側から沸き起こるものなのか、陽菜乃には分からなかった。

（——もっとしたら、分かるものなの？）

「もっと……もっとして？」

「……っ！　困った子だな。痛かったら言って？」

手を繋いだままで、頭の横に両手を縫い取られて、緩《ゆる》く腰を使う森野にその腕の中に閉じ込められる。

「あ……んんっ……」

甘やかされて求められるのはとても幸せなんだと陽菜乃は知った。

そして、自分は受け入れるようにできている、ということも分かった。

最初は痛みと圧迫感だけだったそこが、とんとんと突かれるごとに、逃がすまいとして森野に絡みつきにいっていることが分かったからだ。

気持ちよさの粒のようなものが、結晶のように集まってくるのが分かる。

「もっと……して……っ」

森野の抽挿が強くなったのを感じた。

それにつれ、陽菜乃の口から漏れる声も高く甘くなる。繋いでいた手を外して、森野は陽菜乃の手を取って自分の身体に触れさせる。

「まだ、こっちの方が感じるよね。感じたら、ぎゅっとしていいから」

そう陽菜乃に囁くと、森野は陽菜乃の中からこぼれた愛液でぬめりをまとった指で、はしたなく主張している蕾《つぼみ》をくるくると押した。その直接的な感覚に陽菜乃は背中を浮かせて、ぎゅうっと森野の身体にしがみつく。

「ひゃぁ……んっ！　……だ……ダメっ……」

「ん？　さっきまで、もっとって言っていたのに？」

「それは……ダメ……」

「さっきも『落ちそう』と言っていたよね。今も中がきゅんとした。どこまでも気持ちよくなって大丈夫」

「だって、だって……」

「受け止めるって言ったよね」

中を抉るように抽挿されるその感覚と、ひどく敏感な場所に絶え間なく送り続けられる快感に、陽菜乃は下半身からなにかがせりあがってくるのを感じた。

押し戻すことができない波のように、それは陽菜乃を攫《さら》う。

「んっ……ぁあぁぁっ……」

一際高い声を上げて陽菜乃は上りつめてしまった。

「は……っ、やば……もっていかれるかと思った」

陽菜乃の上に身体を倒した森野は、そう陽菜乃の耳元に囁く。陽菜乃は息を整えながらそれを聞いていた。

（ん……？　思った？　まだ森野さんは？）

「ここまでしたんだから。小島さん、最後まで付き合ってもらうから。大丈夫、だんだん良くなるからね」

少しだけ息を乱しつつ、陽菜乃に向かってにっこりと笑いかけた森野は天使のように美しいけれど。

（最後まで？）

その時ゆるっと入口近くまで抜かれていたものが、硬度を保ったまま、奥まで挿入ってくる。

「ま、って今、イったばっかり……だからっ。そんなにゆっくりしたら……」

はぁ、はぁ、と陽菜乃は必死で呼吸していた。

形をナカで感じてしまうくらいに締め付けてしまっている。はしたないくらいに強いその感覚は陽菜乃を惑乱させる。

「ゆっくりじゃない方がいいのかな？」

じゅぷっと音がして奥まで一気に貫かれて、激しく抽挿された。

「イっちゃう……また、イくっ……ふ……あぁんっ」

「何度でも、イっていいから……っ」

その言葉通り、何度も何度も高みに押し上げられて、陽菜乃は「絶倫」の意味を知った。


陽菜乃が朝方に目を覚ましたのは、やはり頭のどこかでまだ興奮していたからかもしれない。

汗とかその他諸々の体液で身体は汚れていたと思うのだが、目が覚めた陽菜乃の身体はスッキリしていた。森野が綺麗にしてくれたのだと思う。完璧な人だ。

陽菜乃を緩《ゆる》く抱いて眠っている森野は、目を閉じていてすら魅力的な人だった。

初めての相手なんて面倒なだけだっただろうと思うのに、とても優しく抱いてくれた。可愛いと何度も言ってくれて、甘やかしてくれた。

「ありがとうございます」

きっととても気を遣ってくれたのだ。陽菜乃はそっと身体を離して、森野の綺麗な身体を布団で包んだ。

森野は少し身動《みじろ》ぎしたようだったけれど、布団の上からきゅっと抱きしめると、安心したようにまた寝息を立てる。

大人で、いけない男の人で、優しくて、素敵な人。

「忘れません」

そう言って陽菜乃は財布からお金を出し、サイドテーブルに置いて、そっとホテルの部屋を出た。


早朝の街並みは新しい朝を感じさせ、きらきらと煌めいて見えた。天気の良い休日だった。まだ、目を覚ましていない街はカフェもお店も閉まっている。

(小腹が空いたな……)

コンビニに寄った陽菜乃はそこでパンをひとつ買う。ホテルがあったのは普段使わない駅で、あまり慣れないその道を陽菜乃は駅に向かって歩いていく。ハイブランドの店の前、ふと思い立って足を止めた。そうしてショーウィンドウのところに腰掛けて、パンを齧《かじ》る。

街路樹の葉を揺らした風が陽菜乃の髪をさらりと撫でてゆく。とても気持ちがよかった。

初めての朝をこんなふうに迎えるのもいいかもしれない。そう思うと大事な思い出をもらった気がした。

青い空を見上げる。

（――書こう……）

『彼のものが中に分けいって挿入ってきた時、幸せを感じた。気持ちも身体も結ばれることは、こんなにも幸せを感じるのかと思ったのだ』

「……っと」

会社から帰ってきた陽菜乃は、パソコンの前でものすごい勢いでキーボードを叩いていた。

だって、今なら分かるから。肌が触れ合う時の幸せも、受け入れる時の温かさも。

『彼の背中に手を回したとき、微笑まれて顔を覗き込まれて困ってしまった。

「なに……？」

その最中に顔を覗き込まれるなんてとても恥ずかしかったけど、彼が幸せそうに笑っているので、素直に答えることにする。

「すごく幸せなの」

「僕もだよ」

柔らかい光が差すベッドの中で、幸せはこの先も続くことを二人は確信した……』

「エンドー!!　終わりだよーっ！」

エンドマークを付けて、陽菜乃はパソコンのエンターキーをぽんっと押す。

この瞬間は何ものにも変えがたいものがある。

「完結」。それは陽菜乃にとってものすごい高揚感だ。

「よっしゃー！　飲もうっ！」

数日で小説に目処が付きそうだ、と思って取っておいた期間限定の甘夏チューハイを開けるタイミングは今しかない。陽菜乃は鼻歌交じりに冷蔵庫に行き、下ごしらえしておいたカマンベールのフライを準備し、ささっと揚げた。鳥のササミもフライにする。これにチリソースや蜂蜜などのちょっと甘めのソースをディップしておつまみにするのだ。それにざく切りしただけのキャベツを添える。小説を書き上げたら絶対に好きな物を食べる！　と決めている陽菜乃である。フライのさくっとした食感とカマンベールの塩気と蜂蜜の甘みは、幸せを感じる味だ。

「これが幸せだってーっ！」

ゆるりとした部屋着に、髪も邪魔にならないようにお団子にまとめて。これは陽菜乃が執筆するときのスタイルだった。

先ほど陽菜乃が書きあげた小説の中の二人は幸せそうで、自分も幸せで。

この世の全ての幸せを満喫していた気分だった陽菜乃は、通話アプリの着信通知の音を聞いて、ヘッドホンを付ける。

「はいはーいっ！」

『陽菜乃？　ご機嫌ねぇ？』

発信元は木下《きのした》美佳《みか》。高校の頃からの友人だった。

美佳はイラストレーターで、専門学校の講師もしていて、今回の陽菜乃の小説に表紙用のイラストを描いてくれている。お互いに忙しいから顔を合わせるのはたまにだけれど、よくこうして作業しながら通話するような関係だ。

『サイトのランキング見たよ！　どんどん上がっているじゃない！　すごいね！』

美佳は陽菜乃が小説を書き始めた時も真っ先に相談した相手だ。創作しつつ仕事をしているという人なので、尊敬の対象であり、いろんなことを打ち明けられる親友でもある。

ずっと表紙を描いてくれると言っていたにも関わらず、当時サイトでは新人だった陽菜乃には、申し訳なくて頼めなかった。

美佳はプロなのである。本来なら美佳にイラストをお願いするということは、費用が発生するものなのだ。それを美佳は勉強だからと無料で提供しようとしてくれていた。なおさら頼みにくく、陽菜乃がお願いできると思ったタイミングが来たら描いて、とは言っていた。

それからずっと陽菜乃は書き続けて、ある程度の読者もついてくれている今の状況ならと、今回初めて表紙イラストをお願いしたのである。

描き上げてくれたのは、いかにもＴＬ小説の表紙という感じで、ふんわりとしたピンクの背景に可愛いヒロインがイケメンのヒーローに抱きしめられているというものだ。実際に、ランキングが上がっているのはこの表紙の効果もあるんじゃないか、と陽菜乃は分析していた。

スタートから好評なのは表紙の効果もあったかもしれない。けれど、読者がここまで熱心になったのは、陽菜乃の描写が変わってからだ。

「えへへー、ランキングとかそんなに気にしてはいないんだけど、実際に読者さんがすごく増えているのが嬉しいよ」

陽菜乃は甘夏チューハイをこくりと飲んだ。サッパリした口当たりが最高だ。美佳の声も嬉しそうなのを聞いて、さらに陽菜乃は気分がよくなる。

『最初に読ませてもらった時からイケる！　とは思っていたけど、最近は本当にすごいね』

美佳は作業中なのだろう。ヘッドホンの向こうからは作業している音が聞こえる。

「やっぱり実体験すると違うよね！」

つい、弾んだ声で陽菜乃は美佳にそんなことを報告してしまった。

『え？』

（――ん？）

ヘッドホンの向こうの音がパタリと止まったのだ。そして、美佳の低く聞き返す声がヘッドホンから漏れてくる。

「ん？　だから実体験すると違うね……って」

『ちょ……誰が二回言えって言ったのよ！　そうじゃなくて、実体験ってどういうこと？』

「実体験だよ？　すごーく素敵なホテルで、すごく素敵な体験をさせてもらっちゃったのー」

『は？　あんた、くすぐったがりでしょうが？』

長い付き合いなので、もちろん美佳はなぜ陽菜乃が経験できないかを知っている。

「それすらも超える人がいるんだよー。この世には」

陽菜乃はご機嫌で美佳に報告をするが、美佳の声色はどんどん低くなっていく。

『彼氏ができたってこと？』

美佳に聞かれた陽菜乃は少し考える。確かにそういうことはあったけど、森野は彼氏ではない。

「んー？　それはない」

割とさらっと答えると、ヘッドホンの向こうから美佳の荒ぶった声が聞こえた。

『あんた！　初めてだったんじゃないの⁉』

そう、初めてだった。森野には面倒なお相手をさせてしまったのかもしれない。

しかしあの体験は陽菜乃にとっては素敵な思い出であり、初めての相手が森野でよかったと心から思っていた。

「本当にめんどくさいことをさせてしまったよね。うふふー、これでもう処女とは言わせないからねっ」

ふーっと深いため息の音が聞こえる。

『まさか、ゆきずりの関係とか……』

確かにお相手のことは美佳に説明していなかった。そんなふうに思われても仕方がないが、森野は決してゆきずりなどではないし、陽菜乃のために素敵なホテルを用意してくれて、とても優しく抱いてくれたのだ。

「それはないよ。知らない人に身体触られるとかやだもん。上司だよ。ちゃんとした人だから」

一瞬ヘッドホンの向こうが静かになったあと、怒鳴り声が耳に飛び込んできた。

『そいつ！　どこの誰だって⁉　上司⁉　上司がそんなことしていいと思ってんの⁉』

（わあ、びっくりした）

「あ、私がお願いしたー」

えへへーと陽菜乃は笑う。ヘッドホンの向こうからは低く平坦な美佳の声が聞こえる。

『近いうち会おう。通話で済ませていいことじゃない』

「うん」

作家とイラストレーターというよりも、高校時代からの親友という関係の方が長い二人だ。

美佳に誘われてご飯に行くことも多いので、陽菜乃は楽しみだなあと素直に喜んでいたのだった。

この時陽菜乃は、まさか美佳がお説教しようと手ぐすね引いているとは思ってもみなかった――

素敵な初体験を済ませ、晴れ晴れとした週末を過ごし、陽菜乃は月曜日にいつも通りに出社する。

ちらりと目をやると、森野は普段と同じようにすでに出社して席にいた。眼鏡をかけ、パソコンに向かって淡々と仕事をしている。

特に陽菜乃のことを気にする様子でもなかったので、陽菜乃は安心した。何か言われてもどう返していいのか分からないし、おそらく森野は陽菜乃のためにいい思い出を作ってくれて、取材に協力してくれただけなのだ、と思うからだ。

（さすがに大人は違うわ）

陽菜乃もいつも通りにパソコンの電源を入れ、作業を開始する。

日中には森野に声をかけられた。普段と変わらぬ森野の態度に、陽菜乃もいつも通りにふるまう。

「小島さん、サイトに掲載しているカタログの件なんだけど……」

「あ、それはこの前のアップデートの時に仕様変更されています」

「そのことはどこかに明記してあるよね」

「はい」

いつも通りの森野だ。

ただ、前よりも多く陽菜乃の視界に入るようになったのは仕方のないことではないだろうか。

それも陽菜乃にとっては取材の一環のような気持ちだった。

書類を確認するために目を伏せているのもいいとか、いつも誰に対しても親切で、強く当たったりすることがないのはいいなあとか、そういう感じだ。普段の森野は本当にとても優しくて穏やかな人柄なのだ。

(ベッドでだけドSっていうのもいいかも……)

次の作品のヒーローは決まった。隠れドSだ。ぐっと来た。

今すぐメモを取りたいが、業務中なのでそうもいかない。

付箋に一言だけ『隠れドS』と書いてそれをはがし、スマートフォンケースの内側に、人目につかないようにそっと貼っておいた。

「小島さん」

すぐ近くから急に森野に話しかけられて陽菜乃は驚く。こんなに近づいたのは、ずいぶんと久しぶりな気がする。

「はい！」

久々に近くで見ると、相変わらずの麗しさだ。それになんかいつも近づくと森野からはいい匂いがする。至近距離でないと分からないくらいのほんの微かな香りだ。おそらく香水らしきその香りに、イケメンは香りもいい、と陽菜乃は妙に納得してしまった。

「この資料を補充してほしいんだけど、倉庫にあるかどうか確認してくれるかな？　なかったら発注しておいてもらえる？」

「承知しました」

必要なものがあればついでにいくつか発注しておこうと、陽菜乃はメモとペンを持ち倉庫に向かった。

資料を確認し、不足しているものをメモに取りながら、そういえば、ここで見てしまったんだったなあ……と思いを馳せる。

その時、倉庫のドアが開いた。カチャと内鍵を閉めた音も。

まさかと思い、陽菜乃は恐る恐る入り口の方に目をやる。扉の前で魅力的な笑顔を浮かべているのは森野だ。

「本当に君は心配になるね」

（いや！　あなたが指示したんですよね⁉　もしかして、今カギ閉めました⁉）

「話が聞きたいのに、君がちっとも捕まらないから」

「え……っと、捕まえる必要ありました？」

陽菜乃の質問に森野はにこりと笑ったけれど、それは心からの笑顔ではない気がした。

（――こ……こわっ……！）

「で、どうだったのかな？　取材は上手くいった？　俺はまさかホテルに置き去りにされるとは思っていなかったんだよね」

「すみません！　あの……あれだけじゃ足りなかったですか？」

「足りない？」

一応ネットでホテルの室料を調べて半分くらいと思われる金額を置いてきたのだが。陽菜乃はハッとする。

「半分なんておかしいですよね！　私が出さなくてはいけなかったのに！」

「誰が諭吉の話をしているのかな？」

ゆきち……。一瞬知り合いかと思ったら、お札のことだ。

「諭吉の話ではなかったら……？」

なんだろう？　陽菜乃は緩《ゆる》く首を傾げる。

「とにかく金はいらない。その後、君の書いているものはどうなったのか知りたいんだよ。俺は協力したでしょう？」

「ありがとうございます！　とっても……好評、で……」

つかつかと陽菜乃に近寄ってきた森野との距離がとても近くて。

陽菜乃の後ろのスチールラックに両手を突かれたら、その状況はいわゆる壁ドンなのだ。

身動きできない陽菜乃をよそに、森野は眼鏡を外して胸ポケットに入れた。

(す……素顔が麗しすぎる……)

陽菜乃はその顔から目を逸らすことができない。

「あの……その眼鏡って……？」

「度は入ってないよ」

そんな気はした。どうでもいいと言いたげにさらりと森野に返される。

昼がいつ触れ合ってもおかしくないような距離と、いつもとは違う森野に陽菜乃はドキドキする。

いつもは優しくて、ひたすら人当たりも良い人、というイメージなのに、今の森野はプライベートの森野で少し強引。

(——そういうところも素敵なんだよなぁ)

息すらかかりそうなほどの距離で見合っていると、森野の手が動く。

スーツの擦れ合う音がした。そんな音も聞こえるくらいに倉庫は静かだ。

「なあ？　あれだけでいいの？」

「あれだけ？」

「もっと、知りたくない？」

陽菜乃の服の上から、胸元を森野のすらっとした指先でゆるりと撫でられる。

着衣の上からのはずなのに、その指先の感触をつぶさに感じた。

つい呼吸が少し乱れてしまって、それを見た森野が薄く笑ったのが分かる。

お互いの呼吸音も、布を擦る音すら聞こえる倉庫で、今にも唇が触れ合いそうな、息すらかかりそうな距離にいて、陽菜乃は高まってくる自分の心臓の音も森野に聞こえるのではないかと思った。

森野の顔が近づく。

(――キスされちゃうっ)

思わず目を閉じてしまった陽菜乃の顔を通り過ぎて、森野の唇は陽菜乃の耳元に寄せられた。その吐息を感じて、身体がぴくん、と揺れてしまう。

陽菜乃は手元のメモ帳をぎゅうっと握った。もう緊張しすぎて、どうしたらいいのか分からないのだ。

「あれ、今使う?」

(ん?)

「あれ?」

陽菜乃が思わず目を開けると、いたずらっぽく、にこりと笑った森野の顔が目の前だ。

森野はスーツの内ポケットから小銭入れのようなものを取り出して陽菜乃に渡した。

ポン、と渡されたので、何の疑問も持たずにそれを受け取った陽菜乃だ。ケースを開け、中身を確認すると……それを思いっきりぶん投げた。

ケースはドアに当たってぽとりと落ちる。その軌道を思わず二人で見守ってしまった。

「革製品だから結構高いんだけど」

「そういう問題じゃありませんっ！　だから、業務中はダメですっ！　それにアレ、この前のコンドームですか⁉」

オシャレな小銭入れのようなそれは、コンドームが入ったケースだったのだ。

「そう。せっかく買ったのに、小島さん置いていってしまったよな？　アレを置いていったってことは、その後はそういうことはしていないね？」

「しませんよ、そんなこと」

（相手がいないのにするわけないしっ！）

即答である。

「それはよかった」

森野が陽菜乃に向かってにっこり笑う。

「この前は、小島さんが初めてだったから、俺も少しは遠慮したんだよね。もっといろいろ知りたくない？　ああ、ドSに迫ってほしいんだっけ？」

「ど、ドSにせま……」

（ってほしいですぅ‼）

期待で目をきらきらさせてしまう陽菜乃だ。

「めちゃくちゃにしてやるから、来いよ」

「行きますっ！」

歓喜に満ちた陽菜乃の回答を聞いて、森野はその場にしゃがみこんでしまった。

（――あれ？　え？　むっちゃ、きゅんとしたんだけど）

「森野さん？」

陽菜乃は森野の触り心地の良さそうなその髪にそっと触れてみる。

森野からは、はーっという大きなため息が聞こえてきて、陽菜乃をちらっと見た。

「無自覚なんだろうなぁ」

ゆっくり立ち上がった森野が、今度は陽菜乃の頭をなでなでと撫でる。

「俺もあの後は誰ともしてないんだ」

（誰とも……）

それはどういう意味だろう？

「たくさんしたいし、寝かせるつもりもないし、覚悟してなってこと」

そう言って微笑んだ森野は、そんな話をしているとは思えないくらいに綺麗で麗しい。

（や、やっぱりドSで絶倫なんですね!?）

そういえば前回は何回したか確認しなかった。陽菜乃が寝落ちしてしまったからだ。絶倫が何回コンドームを使用するか確認したかったのに！

そんな森野が、あの後誰ともしていないと聞いて、ちょっとだけきゅんとした。

ちなみに高級な革製のコンドーム入れは、倉庫から出る時に森野が拾って、きちんとホコリを払ってスーツの内ポケットに収納していた。あれ以降、森野もセックスしていなかったと聞いて、ぶん投げて悪かったな、とちょっとだけ思った陽菜乃なのだった。

◇◇◇

その日、営業担当の皆川《みながわ》から報告を受けた陽菜乃は、朝からざあっと血の気が音を立てて引いていく、という気持ちを実感していた。

「皆川さん！　本当に申し訳ありませんっ！」

「すみません！　僕の方も気づいてなきゃいけなかったのに、確認を怠ったのがいけませんでした」

先日陽菜乃が作成した資料の金額が間違っていたらしいのだ。

通常なら、担当社員は資料の金額については必ずダブルチェックをする、というルールになっている。けれど、その時は担当社員である皆川も見落としてしまい、誤った資料を取引先に渡してしまった。お詫びして済むような取引先だったならよかったのだが、まだしっかりしたリレーションもできていない会社で、先方をいたく立腹させてしまったのだ。

発覚したのは請求書が先方に到着してからの話だったこともあり、請求書を渡す時に資料と請求書を付け合わせていなかった皆川の手落ちもあった。

こういう時、陽菜乃自身がお詫びに行ければいいのだけど、そういうわけにもいかない。

「僕だけで解決するってわけにもいかないから、森野係長にも相談しなきゃです」

皆川はガックリと肩を落としている。まだ入社二年目の社歴の浅い社員なのだ。森野の名前が出て、陽菜乃はどきん、とする。

「森野係長……ですか？」

「はい。上司ですし、もともとは森野係長の担当先だったんです。それを僕に担当させてくれたのに、申し訳ないことをしました」

「うう……それを言うなら私もです」

皆川が報告に行く、と言うので同席することにした。

ミーティングスペースに呼び出された森野は上司らしい顔をしていて、プライベートとはもちろん全く違う。

皆川からの報告を聞き終わって、森野は穏やかな声で皆川に問いかけた。

「何が問題だったかは分かるよね？」

「ダブルチェックが形骸化していました。自分の中で」

肩を落としながら皆川が森野に報告する。

「うん。必要だからするんだってこと、忘れないでほしい。自分の中で完結できることならいいけれど、お客様にご迷惑がかかることはとてもまずい」

穏やかだけれど厳しい声だ。心から申し訳ないという思いが陽菜乃にも込み上げる。

「すみません。最初に私が間違えたから」

森野はちらっと陽菜乃を見た。そこにはなんの感情もないように見えて、陽菜乃は背中がヒヤリとする。

「小島さんは小島さんの範囲の中で仕事をしている。もちろんミスは困るけど、全てのミスを一人で防ぐことは無理だ。だからダブルチェックなんだよ」

森野が優秀な営業マンで、若くして役付きになっている理由も分かったような気がした。

「皆川くんは再発防止を考えて報告して。小島さんは今後気をつけるように。先方へのお詫びは俺も同席するから。皆川くんは先方にすぐにアポを取ってくれる?」

「はい!」

皆川は森野に指示されてサッと席を立ち、ミーティングスペースを後にした。

その場に残されたのは陽菜乃と森野だ。

「あの……本当にすみません」

「困ったね」

眼鏡をかけたままの森野は小難しいような真面目な顔をしていて、怒っているのか、困っているのか、腹を立てているのかも分からない。ミーティングスペース用のテーブルを挟んで、陽菜乃は妙に居心地が悪かった。自分のミスで、皆川にも森野にも迷惑をかけてしまったのだ。

「私のせいで、皆川さんにも森野係長にもご迷惑をおかけして……」

「まあ、ミスは誰にでもあるよ。ダブルチェックがあるってのがその証拠。誰にでも起こりうる。起こったことがあるからあんなルールになった。形骸化していた皆川くんの方が問題なんだ」

それに、と森野は続ける。

「小島さんが普段からミスが多いのなら問題だけど、そうでもないからね」

そんなふうに見ていてくれたのだと思うと、陽菜乃はとても嬉しい気持ちになった。しかし、ミスはミスだ。

「けれど、それで森野係長と皆川さんを先方にお詫びに行かせてしまうことになったし……」

「皆川くんのは自業自得だね。自分の仕事なんだから自分で確認するのが当たり前だよ。他人にそれを押し付けようなんて間違っているし、そんなの俺は許さないよ？」

「すみませんでした」

森野にも時間を使わせることになるし、頭を下げさせることになる。それは本当に反省すべきだと陽菜乃はお詫びをして頭を下げた。

「いや……。小島さん」

「はい」

名前を呼ばれて、顔を上げる。

ミーティングスペースのテーブルの向こうの森野は相変わらず麗しい。

「アレ、いつ使おうか？」

テーブルの上で腕を組んでいる森野が軽く首を傾げている。

(アレって、アレのこと!?　なぜ今出てくるの!?)

それはあの日、陽菜乃が買ったコンドームのことだろう。

「本当にすみません。めちゃくちゃにされたいのはやまやまなんですけど、お声もどうやってかけたらいいのか分からないし……」

それを聞いて森野は笑い出した。先ほどまで小難しい顔をしていたのに、声まで出して肩を揺らして笑っている。

「めちゃくちゃにされたいのはやまやまって……」

ものすごく笑っているし、森野の笑顔がすごく可愛いから、陽菜乃はそれをそっと見守ることにした。

しばらく経ってもまだ笑いが残っているようで、くすくすと笑いながら森野は眼鏡越しにちらりと陽菜乃を見た。その色香を含んだ視線に陽菜乃はドキリとしてしまったのだ。

「されてもいい、とは思ってくれているんだね」

森野の煌めくような瞳で見つめられると陽菜乃は言葉を返せなくなる。

されてもいいどころか、むしろされたいくらいの人だ。

「それはもちろん」

「ではまた改めて連絡するよ。今ちょっと仕事が忙しくてなかなか時間が取れないんだ。でも小島さんには会いたいから、空ける」

そう言って、森野は席を立った。立ち上がる時に陽菜乃の顔を覗き込む。

「ドS好きなんだっけ？　じゃあ、焦らしてあげるよ」

森野は柔らかく笑うと陽菜乃の頬を緩《ゆる》く撫でた。

くらくらするし、どきどきする。というか、立てなくなりそうなくらいにキュンとした。あらぬところが。

皆、こんな森野のことは絶対知らないだろう。

ちょっとドキドキしながら席に戻って、ミスをしたのだからつい緩《ゆる》んだ顔をしないように気をつけながら、陽菜乃は仕事を再開した。

◇　◇　◇

あの日、陽菜乃のお願いを聞こうという気持ちになったのは、彼女がいつもとは違う顔を見せたからだ。

可愛くて、初心《うぶ》で純真。それが、森野が陽菜乃に対して持っていたイメージである。

そんな彼女がカバンから落としたような官能もどきのＴＬ小説を自分でも書いていると聞いたのだ。森野はネットで調べてみた。

（――おお、結構過激だな？）

森野がたまたま開いたランキング上位の作品の表紙のイラストは、綺麗に整った顔のちょっと強引そうな感じの男性に、ふわりとした服装の女性が後ろから抱きしめられているものだった。

ページを開くと、いきなりそのシーンと喘ぎ声からのスタートだ。思っていたよりもストレートな内容だった。それを陽菜乃が書いているのだという。

これの参考にしたいと陽菜乃は思っているわけだ。しかし小説は最初こそ過激だったものの、途中のストーリーは森野でさえハラハラする展開を見せて、二人が両思いになってからの甘い展開は少し羨ましくもなったりした。むしろ悪くない、と思ったのだ。

「教えてほしい」というからには、陽菜乃の経験値は少ないんだろう。そういった意味では自分を選んだことに間違いはない。

経験値が少ないのであれば、森野は陽菜乃に嫌な思いや怖い思いはさせたくなかった。いくつか知っているホテルの中でも一番感じがいいところを予約し、陽菜乃に送った。それに対しての返事は信じられないくらいに事務的で、かつ丁寧で、陽菜乃らしいものだった。

森野は、それまでは陽菜乃のことをそんなによく知っているわけではなかった。ただ真面目な仕事ぶりには好感を持っていたし、実は可愛らしい顔をしていることにも気づいていた。くりっとした目に真っ白な肌。地味な服装に押し込められた彼女のプライベートでの顔が気にならないかと言えば嘘になる。

そして、あの倉庫のことがあって、夜のオフィスでのことがあってから、つい陽菜乃に目が行くようになっていた。

倉庫でのあれこれを目にした時、陽菜乃は真っ赤になって怒っていたのに、「セックスを教えてください」と迫られた。あんなふうにまっすぐに女性に迫られたのは初めてだった。

そして、くすぐったがりで不感症なのかと思いきや、かなり敏感で、甘えたり蕩《とろ》けたりする顔が極上に可愛い。経験がないなら奥手なのかと思うと、積極的に触ったり舐めたりもする。

バスルームからタオル一枚で出てきて胸に飛び込んできた陽菜乃も、キスだけで蕩《とろ》けそうになっていたのも、くすぐった時の笑い声も……そして、感じやすい身体もナカも、可愛いと思った。寝るつもりでホテルに来ても、自分でコンドームを準備してきた女性はこれまで一人もいない。自分のことなのに相手任せであることを森野は不思議に思うことがあった。

それなのに、あんなにぽやぽやとしていて可愛いのに、陽菜乃は自分のことは自分でしっかりする。そんなところもいいと思った。

いざその時になって、陽菜乃は初めてだからと、最初は浅いところで優しく揺すっていた。けれど彼女は森野を強く求めてきた。「もっと……」という甘い声や、その潤んだ瞳や緩《ゆる》く開いた唇が誘い込むように妖艶で、森野は気づいたら深く抉るように押しつけていた。

深くされるのはさすがにキツかったのか、何度かの行為を終えた後、まるで気を失うようにして眠りについてしまった。そんな陽菜乃の柔らかそうな頬を撫でた。

ホテルの薄い布団に絡まるようにして陽菜乃は目を閉じていた。先ほどまでの誘い込むような妖艶な姿などまるで幻のようだ。こうして見ると幼くすら見えるのに、陽菜乃はタブーのない森野にもほとんど怯むことなくついてきていた。

しかも感じやすいうえ、感じている時の表情は甘えているように蕩《とろ》けていて、それは普段とのギャップが大きい。

あまりにも感じやすすぎる身体に、普段の真面目さとのギャップ。誘い込むような妖艶さや甘える奔放さ。よくぞ今まで誰かに好きなようにされていなかったものだと思う。くすぐったがりなのだと言っていたけれど、それは多分感じすぎるゆえのことだ。

初めてだと言っていたから、あまり自分に夢中になられても困るな、という思いがなかったとは言わない。

なのに、夢中どころか……森野はホテルに置き去りにされたのだ。

森野が目を覚ました時、ベッドの中の気配は自分だけだった。無意識に横に腕を伸ばし、目を開く。普通ならどこかで触れるはずの肌にも温もりにも手が触れない。

身体を起こして部屋の中を見回しても、誰かがいる気配がないのだ。

「まさか……嘘だろ……」

一人でベッドに取り残されることがあるなんて思わなかった。

身体を起こした森野は髪をかきあげた。

あまりにもいろんなことが予想外すぎた。

(昨日あんなに甘えていたのに?)

森野の耳からはまだあの甘い声が離れないくらいなのに。

『もっと……もっとして?』

思い返すと、森野のその部分が熱を帯びそうだ。モデルだって抱いたことがある。年上も年下も。同僚も、取引先の美人で有名な秘書も。みんな森野に言い寄ってきた。

でも森野は何かが満たされなかった。執着されるのも面倒でしかなかった。しつこくされればすぐに連絡を絶つことなど何とも思わなかった。

大きな窓から朝日が降り注ぐホテルで、乱れたシーツの様子はしどけなさを感じるのに、そこに一人でいることが妙に切なかった。

しかも、サイドテーブルの上には幾ばくかの紙幣が置いてある――確かに取材したいとは言っていたけれど。

自分もドライさには自信がある。けれど、ここまでドライに扱われたことはない。

森野はベッドから降りバスローブを羽織った。冷蔵庫から水を出して、外の風景を見ながら軽く口を付ける。

「なるほど。俺はあの子にとっての手段でしかないのか……」

自分が目的にされることはあっても、手段にされたことはない。陽菜乃は全てのことが予想外だ。

森野は自分の口元に笑みが浮かんでいることには気づいていなかった。

バスルームに向かった森野は、思い切るようにシャワーを頭から浴びた。

(――やっぱり、嫌だった？　後悔したのか？)

優しく、大事に抱いたつもりだった。

バスルームから出た森野の目に真っ先に飛び込んできたのは、陽菜乃が置いていった先ほどのサイドテーブルのお金と、コンドームの箱だった。

黒いシックなその箱を見て、どんな顔をして買ったんだろうと想像すると、本当に可愛らしいと思える。きっと陽菜乃らしく、真面目な顔をしていたんだろう。そう思うと、森野の口元はつい緩《ゆる》んでしまうのだ。

タオルで髪を拭きながら森野はベッドの上に座る。そしてサイドテーブルのそのお金を財布の中の札入れとは別のところに軽く折りたたんで入れた。置いていったコンドームは箱ごとカバンに入れる。これを箱ごと置いていったということは、直近で陽菜乃はそういう予定を入れていないということだろう。特定の相手はいないと言っていたが。

女性に執着しない主義を変えるつもりはないけれど、陽菜乃が誰かに好きにされるのはなんだか我慢できないような気がした。

自分の抱いている気持ちが何なのか、森野にはまだハッキリとした確信は持てなかった。自分は恋なんてするわけない、と思っていたから。

ただ、陽菜乃とはまだ関係を続けたかった。

この気持ちをハッキリさせるためにも。

◇　◇　◇

美佳が選んでくれる店はいつもハズレがない。

その日はビルの最上階から見える夜景が絶景な、串焼きのコースのお店だった。個室のその部屋は、人目も話す内容も気にしなくてもいい感じだ。

コース料理はとても手が込んでいた。白い大きなお皿の上にスプーンが並んでいて、綺麗に彩られた一口前菜が出てきて、二人ではしゃぐ。サラダも赤い大根や、マスカルポーネ、フルーツで飾られており、見た目はもちろんのこと、陽菜乃が好む味わいだ。串もただ刺してあるだけではなく彩りや形、味も工夫されていて、本当に美味しい。

陽菜乃は遠慮せずにスマートフォンで写真をたくさん撮っていた。

「素敵なお店。ありがとうね！　美佳ちゃん」

「いいえ」

そう答える美佳は、ボンキュッボンのナイスバディの持ち主で、それを隠すつもりはさらさらない人だ。今日も谷間が綺麗に見えるカシュクールのセクシーなトップスにタイトなスカートを身に纏って、待ち合わせの時から店に入る時まで男性の視線を釘付けにしていた。

ここはワインもオススメだから、という美佳につられて、陽菜乃もワインを頼む。美味しい食事に美味しいお酒、大好きな美人の友人。陽菜乃のペースはなかなかに速い。

ちょうど世間話を終えて、そろそろ本題に、という頃合に、美佳が陽菜乃に尋ねた。

「で、上司ですって？」

「うん、すごく素敵な人」

美佳が聞きたいのはそのことだろうと思うから、陽菜乃は思っていた通りのことを答える。

森野はとても素敵な人だ。けれど、声が沈んでしまうのを隠すことができなかった。それを美佳に尋ねられる。

「どうしたの？」

「もう、小説は完結したの」

「うん。とても好評だったわよね？」

「だから、取材は必要ないのに、めちゃくちゃにしてあげるって言われて、私頷《うなず》いちゃったのー」

うわぁぁぁんと半泣きになる陽菜乃である。

「完結してるから、本当はもう取材としては必要ないのにっ、してほしいって思っちゃったの。だから、断らなかったのー」

「フォ……フォアグラと牛肉の串です……」

個室に入ってきた店員が、微妙な空気の中、メインの串をそっとテーブルに置く。陽菜乃には周りのことを気にしている余裕がなかった。

「ねぇ？　それって取材のためだけだったの？」

顔を上げ、陽菜乃はこくりと頷《うなず》く。

「じゃあ、取材なら他の男でもいいのね？　私の友人にプロがいるから、その人でもいいの？」

「プロ……？　ってなに？」

「いわゆるエロメンってやつよ」

「女性向けＡＶの？」

最近は女性向けＡＶというものがある。男性向けとは違って、ストーリー性があり、出演している男性も整った顔立ちの人が多い。そこに出演している男性をエロメンと呼ぶのだ。もちろん陽菜乃は資料として女性向けＡＶを見ることもあったから知っていた。エロメンにはＡＶだけではなく、バラエティや舞台などで活躍している人もいる。

それはそれで興味はある。けれど抱かれたいかと言われると、違う気がした。

「話は聞いてみたいけど、別にえっちはしたくない。ん？　なんでだろ……？」

美佳はふっ……と微笑んだ。

「気持ちがあるんじゃないの？」

「気持ち？　……ってナニ？」

会話が噛み合っていない。

「陽菜乃、アンタ酔っ払ってんの？」

「酔ってないっ！」

「はいはい……あ、そうだわ。その上司とかいうのに連絡してみなさいよ。酔っちゃったからお迎えにきてーって」

「そんなこと、できるわけないもん」

ぷんっと顔を横に向ける。

「分かんないわよー？　来てくれるかもー？　すっ飛んでくるかも？」

んー、と陽菜乃は美佳を見つめた。美佳はにこっと陽菜乃に笑いかける。

「私が見極めてあげるわ」

「チェックすんの？」

「そうよ」

「そう！　ダブルチェックはぁ、すっごく大事なの！　ちょっと待っててねー」

（ダブルチェックすれば、失敗しないもんね～）

◇　◇　◇

「本当に飛んでくるとは思ってなかったんですよね」

美佳は、真向かいに座った森野に向かってにっこりと笑いかけた。

先ほどお互いに自己紹介を済ませ、名刺まで交換したところだ。

陽菜乃は森野さぁぁん……ときゅうっと森野に抱きついてふにゃふにゃしている。そんな陽菜乃をまとわりつかせたまま、森野は全く表情を変えていなかった。

「まあ……心配でしたし、近かったから」

森野は近くの店で部下と飲んでいたらしいのだが、陽菜乃の電話を受けて、十五分程度でこの場にやってきた。お店の人に冷たいお水を頼んでいたし、整ったその顔にうっすらと汗をかいているのも、美佳には大きなポイントアップだ。

「ご機嫌だな」

それに、陽菜乃を見る時だけ少し緩《ゆる》む表情も。

「飲ませすぎちゃったのと、いろいろ考えちゃってるみたいで」

「いろいろ？」

「取材のために寝たんですって？」

森野は美佳をまっすぐ見てきた。

「ええ」

それが？　と言わんばかりだし、美佳の突っ込みにも動揺しない男は見たことがない。女慣れしているのは分かるし、度胸もある。

「小島さんが知りたいと言ったので」

「それでも、抱く？　部下を？」

「あなたには関係ないですよね」

こんな切り返しをこの場でできる男はなかなかいないものだ。

「ええ。関係ないです。でも陽菜乃のことは放っておけないので。陽菜乃が、半泣きになっていたから」

「半泣き……」

陽菜乃が半泣きになっていたと聞いて、森野の表情がピクっと変わった。よしよし、と美佳は思う。

「森野さんは一体どういう気持ちで陽菜乃を抱いたの？　この子が慣れてない……いえ、初めてだってこと、あなたなら分かったでしょう？」

美佳にとって陽菜乃は大事な友人だ。その子が遊ばれるなんて我慢できないことだった。もし本気じゃないと言ったら、何としてでも落とし前をつけさせるくらいの気持ちだったのだ。

陽菜乃はとてもピュアだ。ＴＬを書いていても、陽菜乃本人に奔放なところはない。だから一度されて、またしてほしいと陽菜乃が言う森野のことは、美佳も見極めておきたかった。

「俺もいろいろ考えましたよ。小島さんが知りたいというからそれを教えるだけのつもりだったんだ。だから優しくしましたよ。ものすごく」

「取材はもういいんじゃないの？　陽菜乃がまだ必要だと言ったら、あなたはまた陽菜乃を抱くの？」

「誤解があるようだが、俺はあの日ホテルに置いていかれたんですよ。半泣きなのは俺の方だ」

「は？」

——オイテイカレタ？

(置いていった？　陽菜乃が？　この男を？)

美佳はかなりの美人だし、学生時代からそれはそれはモテた。今でも一人でバーなどで飲んでいれば、声をかけられないことはない。

そんな美佳にとってさえ、目の前にいるこの男は極上に見える。穏やかな物腰と落ち着き。整った顔立ちと優しい雰囲気。時折見せるきりっとした頭のいい切り返し。それに着ているスーツもとても良いものだし、細かく言えばスーツの隙間からチラッと見えた時計も高級品だった。肌も髪もきちんと手入れされていることが分かる。そんな森野を、陽菜乃はホテルに置いていったというのだ。

思いついたら動かずにはいられない。そんな陽菜乃の行動は美佳にしてみればむしろ「いつものことだ」と納得できるが、目の前にいる百戦錬磨みたいな森野が戸惑っているのは、見ていて微笑ましいものがある。

ふう……と軽くため息をつくと、森野は緩《ゆる》く髪をかきあげた。

「起きたらいなかった。そんなことは初めてです」

「でしょうねぇ……」

「いつもこうなんですか？」

森野の質問に美佳はくすりと笑った。

「危なっかしい？　斜め上？」

「どちらも」

（あら……）

美佳は感心した。森野は陽菜乃のことをよく分かっている。

「いつもそうなの。だから心配なんですよ。可愛いでしょ？」

「そうですね。取材だと言われてすべてを本気にしたわけじゃなかったはずなのに、今は小島さんを誰にも渡したくないと思っています」

今は、陽菜乃は森野の肩にもたれて眠ってしまっていた。

それを伏し目がちに見ている森野は、とても優しい顔で。それは悪くない、と美佳は思ったのだ。

思っていたよりも森野は陽菜乃を分かってくれているようだし、大事にしているように美佳には感じられた。

「とっても手がかかって、可愛くて心配なこの子をお願いしてもいいかしら？」

それは陽菜乃を任せても大丈夫と判断したからの発言だ。森野はそれに笑顔を返した。

「もちろんですよ。下まではご一緒に」

森野が精算を済ませ、二人で陽菜乃をビルの下まで連れていく。

森野は最初に捕まえたタクシーを紳士的にも美佳に譲る。美佳は車の中から、森野とふにゃふにゃになっている陽菜乃を見上げた。

「では、森野さん、よろしくお願いいたします」

「お願いされるよ」

「美佳、またねー」

分かっているのかいないのか、陽菜乃はご機嫌で美佳に向かって手を振っている。森野がすぐ後ろに来たタクシーを止めているのが見えた。

「小島さん、ほらおいで」

それについてゆく陽菜乃を見て、美佳はタクシーを出すよう運転手に頼んで行先を告げる。

(あの人なら多分、大丈夫だわ)

半分うとうとしながらも、陽菜乃は呼ばれると森野についていく。

さながら親鳥の後を追う雛のようだ。

そんな二人の様子を見て、美佳は安心してシートにもたれ、タクシーの窓から流れてゆく外の景色を見ていた。

◇◇◇

「もういいから、早く仕事に行ってください」

「だって、可愛いじゃないか」

「いい加減にしないと怒りますよ」

ひそひそとした話し声が聞こえて、陽菜乃は少しずつ目が覚めてくる。寝具の香りが違う。肌触りも。かと言ってホテルのものではなくて、柔らかい掛け布団は明らかに誰かの家のものだ。けれど自分の家ではない。

昨日は美佳と飲んでいた。

(――そして……どうしたんだっけ?)

陽菜乃は目を開ける。

「わあっ!」

ものすごい美形が二人で陽菜乃を覗き込んでいたのだ。悲鳴も上がろうというものである。

一人は分かる。森野だ。

(……ダレ? てかココどこ?)

陽菜乃が寝かされていたのは濃紺のカバーのかかった割と大きめのベッドで、室内のインテリアはいかにも男性っぽい。

ここはどう考えても森野の部屋のような気がする。陽菜乃は昨日の服のままだった。

「あははっ！　そんな驚き方する？　可愛いなぁ。英、俺が帰ってくるまで一緒にいろよ？　じゃあね、可愛い子ちゃん、また後で」

そう陽菜乃に言って、もう一人の男性は部屋を出ていった。

出ていった男性はTシャツにラフな淡い色のジャケットと濃紺の細身のパンツ姿で、すらりと背が高い。身長だけなら森野よりも少し高いくらいだ。顔立ちが整っているのは森野とも似ていて、さらに華がある感じだった。森野を英、と名前で呼んでいた。

「全くもう……珍しがって……」

(珍しがる？)

「小島さん、覚えてるかな？」

男性を見送った森野は、くるりと陽菜乃に振り返った。

「えーっと、美佳と飲んでいて……」

「木下さんね」

どうやら森野と美佳は面識があるようだ。

頭がずきん、とする。

「頭がすごく痛いわ……それに私、記憶が……まさか、記憶喪失っ……」

陽菜乃は両頬を両手で押さえた。

そんな陽菜乃に、森野は呆れたような視線を飛ばす。

「まあ、あれだけ酔っ払っていればね。頭痛いのは二日酔いだよ。薬と水を持ってきてあげる」

ものすごく素早いツッコミだった。

実際、記憶喪失に近いことには間違いはない。なぜならば陽菜乃は自分がなぜここにいるのか、経緯を全く覚えていないからだ。

Tシャツにスウェットという完全にリラックスウェアの森野が、水の入ったペットボトルと頭痛薬の錠剤を持ってきてくれた。

「普段からあんなに飲むの？」

「記憶をなくしたのは初めてです」

「まあ、木下さんもピッチが速かった、と言っていたからね」

心当たりならある。連載が完結した開放感と、ランキングの上がり具合に、今までにないテンションだったから。森野から水と薬を受け取った陽菜乃はこくこくとそれを飲んだ。

「よかったらシャワー、浴びてくる？」

「……いいですか？」

「もちろん」

陽菜乃は昨日そのまま眠ってしまって髪もぐしゃぐしゃだし、顔も身体もなんだか気持ち悪い。

「服とか下着、洗濯機に入れておいたら、全自動だから帰りまでには乾くと思うよ」

こっち、と案内されて陽菜乃はベッドルームから出た。広い廊下の突き当たりに犬のオブジェが置いてある。その手前がバスルームのドアだった。

中に入った森野は洗面所の棚からバスタオルとフェイスタオルを出して、陽菜乃に渡した。

「もし足りなかったらここにあるから勝手に出して使って。あと洗濯機はこれね。洗濯物入れたらスイッチ入れちゃっていいから。着替えは俺のしかないんだけど我慢してくれる？　後で洗うからそのまま着ていいよ」

バスルームの入口はガラス貼りになっていて、洗面所から浴室の中が見える。開放的なオシャレな造りだ。それを陽菜乃がじっと見ていたら、森野に顔を覗き込まれた。

「お風呂入る？　お湯張ろうか？」

「いえっ！　大丈夫です！　あの……オシャレだなぁって」

「バスルームはこだわったからね。どうぞ、ゆっくり入って。上がったらブランチしよう」

「はい」

どうしていつも森野はスマートなんだろうか。

洗面所の大きな鏡に映る自分の姿を見て陽菜乃は泣きそうになった。化粧は落ちているし、髪もぐしゃぐしゃで、そのまま寝てしまった服もヨレヨレだし、こんな姿を今まであの麗しい森野に見せていたのかと思うと自分に幻滅する。

陽菜乃は服を脱いで言われた通り洗濯機に入れて、スイッチを入れる。

そしてガラスのドアを開けてバスルームの中に入った。

（ヘッドの大きなシャワー、ホテル以外で初めて見た）

ボディソープもシャンプーもコンディショナーも、海外の有名ブランドのものだ。陽菜乃でも知っている、SNSで人気のおしゃれブランド。使うとバスルームいっぱいにいい香りが広がって、とてもリラックスできる。

森野が用意してくれていた部屋着は、パーカーと紐付きのハーフパンツだった。ハーフパンツは紐をぎゅっと縛れば、陽菜乃でも穿ける。

バスタオルで髪を拭きながら陽菜乃はバスルームを出た。廊下をリビング方面かと思う方にてくてく歩いてゆく。多分犬がいたのとは逆方面がリビングだ。

正面のドアを陽菜乃はそっと開けた。

「わ……」

ドアを開けて驚く。陽菜乃がいたのは高層マンションの一室のようで、リビングダイニングの大きな窓からは、この街を一望する、すごい景色が見えたのだから。

「ここ、すごいお部屋なんですね⁉」

「上がってきた？　あ、ドライヤーの場所、教えてなかったな」

バスルームに戻った森野がドライヤーを手にリビングに入ってくる。街を一望できるその高さにも景色にも驚いて呆然としている陽菜乃の肩を抱いて、リビングのソファに座らせた。そのままコードをコンセントにさして、ロングヘアの陽菜乃の髪を乾かしてくれた。

「あの、自分でやりますよ？」

「ん。じゃあ、そうしてもらおうかな。コーヒーを淹れてあげたいし。コーヒーは飲めたよね？」

「はい」

「エスプレッソならそのままがいい？　カフェラテにもできるけど。お望みならカプチーノもできるよ」

ダイニングの方を見ると、カウンターにかなり本格的なエスプレッソマシンが置いてある。ドライヤーを使いながらなので、少し大きな声で森野に質問した。

「お恥ずかしいことに、カフェラテとカプチーノって違いがあまりよく分かっていないんです。教えてもらえますか？」

カウンター越しに森野がにこりと笑う。

「カフェラテはエスプレッソに温めた多めのミルクを入れたもの。カプチーノはエスプレッソに温めて泡立てたフォームドミルクを混ぜ合わせたものだよ。カプチーノの方が、ややコーヒーの香りが引き立つ。カフェラテはミルクが多いから飲みやすいかな」

森野は丁寧に教えてくれた。

「オススメはどちらですか？」

「カプチーノかな。やはりコーヒーの香りが引き立つからね。それに今日は嬉しいことに、新しい豆なんだ」

コーヒーを淹れる楽しそうな顔は、会社で見た顔とも、先日ベッドで見た顔とも違う。

「じゃあ、カプチーノにします」

「了解」

ドライヤーをかけながら、陽菜乃は森野がコーヒーを淹れるのを見ていた。豆をセットしてミルに入れ、粉にしたものを専用の器具に詰めている。手際よく準備してマシンにセットし、スチームのスイッチを入れた。

まるでプロのバリスタのようなその姿にも、陽菜乃は胸をきゅんきゅんさせる。

(ほんっと、何してもカッコいい)

スチームのプシューという音がして、ふわりとコーヒーの香りが一気に部屋に広がった。

「んー、すっごくいい香りです」

「二日酔いにも効くだろう?」

森野はくすくす笑っていた。からかわれている。この人にならからかわれることさえ嬉しい。

(それにラフな部屋着にエプロン姿がレアで超似合うし! よく男性が女性のエプロン姿に興奮するっていうの分かるね! うん!)

男性がふわりとしたエプロン姿の女性に惹かれるのなら、女性は男性の休日のゆるさの中にもキリッとした感じのあるその姿に惹かれる。

(キッパリ興奮します!!)

そして、素敵だと思いながらも気づいてしまった。森野がこういう時間に慣れていることに。

髪が乾く頃にコーヒーも入って、森野がドライヤーを回収に来た。

「あの、ありがとうございました」

「どういたしまして」

テーブルには、カプチーノとトーストとベーコンと目玉焼きの載ったお皿が置いてある。

ダイニングテーブルに向かいあって座り、いただきますと陽菜乃は両手を合わせる。それを森野がじっと見ていた。

（ん……？）

そう言えば森野は以前、食べる姿には性的なものを感じるとか言っていた気がする。

ホテルでのことを思い出したら、急にちょこっと居心地が悪くなる陽菜乃だ。

陽菜乃は、ぱくりと黄金色に綺麗に焼けているトーストを口にする。トーストはトロリとバターが塗られていて、いたく美味しい。パンにも甘みがとてもあるので、いわゆる高級食パンというやつなのかもしれない、と考えながら咀嚼する。

その間も、森野は陽菜乃をじっと見ていた。

「あ……の、今何を考えてるんですか？」

カプチーノに口をつけながらそっと聞いてみる。

「ん？　俺のものが小島さんの中に入るのをしみじみと見てたんだ」

「げほっ……ごほごほっ……」

（コ、コーヒーが変なところにっ、これ食べても大丈夫なやつかなあ？　それより言い方っっ！）

「ちょ……大丈夫？」

「いえあの、森野さんの作ったものが、ですよね」

（なんだろう……なんだかその表現、とても卑猥なんだけども）

「ん？　ああ、何考えたの？」

にっ、と笑う森野の目線が妙に色っぽい。その表情に陽菜乃はどきんとする。

（そうだった、あの後誰ともしてないとか、たくさんしたいとか、眠らせないとか覚悟しろとか言われてた！）

「ベッド、行こうか？」

その囁きに陽菜乃は抵抗できなかった。


「きゃはははっ……」

「昨日の夜に心配させた罰だよ」

陽菜乃はベッドの上で森野にくすぐられていた。愛撫とかではなくて、森野は完全にくすぐる意図で陽菜乃の弱いところをこしょこしょと触っている。

「ひゃははっ……ご、ごめんなさいっ！　あははっ……もう！　ダメですっ！」

陽菜乃の笑い声を聞いて、いつの間にか森野も笑っていた。

「陽菜乃……」

「ひゃんっ……もぅ、森野さんっ！」

口元がきゅっと上がっている森野が、陽菜乃の頬にそっと手を触れる。陽菜乃もつい森野の顔に手を触れてしまった。笑っているその麗しい顔がとても好きだから。

お互いに近い距離で見つめあっているうちにだんだん顔が近づいてゆく。

柔らかく唇が重なった。何度もお互いの唇が触れ合う。

軽く唇が触れ合うだけのキスに、陽菜乃は鼻から抜けるような声が漏れてしまった。

「ん？　気持ちいいの？」

「もっと……」

また唇が重なる。緩《ゆる》く唇を舌先でつつかれて、陽菜乃は軽く口元を開いた。甘く下唇を食まれたので、陽菜乃も仕返ししたくて森野の上唇を唇で食む。柔らかく食んだり、舌を甘く吸われたりすると、それだけで背中がぞくぞくするのは前と同じだ。蕩《とろ》けそうに気持ちのいいキス。

「森野さんのキス、好き。いっぱいして？」

「いいよ？」

唇が触れ合って、舌が絡むだけでこれほど気持ちがいいものなのだろうか。

唇は頬に移って、耳を軽く咥《くわ》えられる。時折漏れる森野のはぁ……という熱い吐息まで耳にかかって、陽菜乃は身体がぞくっとした。森野の肩にぎゅっと掴まることしかできない。

「ねぇ？　耳も感じる？」

吐息混じりで低く囁かれると、お腹の下辺りがぞくっとして、足の指先に力が入ってしまった。

「んっ……ぁ」

か細い声が漏れてしまうと、くすっと笑われた。

そのまま耳に舌が触れる気配がする。くちゅ、と舐める音は耳元だからか、やけに響いて聞こえた。ぎゅうっと身体中に力が入ってしまい、肩を掴む指にも力が入る。

「ねぇ？　下着、着けていないんだ？」

立ち上がった胸の先端がぷつっとパーカーに浮き上がってしまっているのを見て、陽菜乃は真っ赤になる。

「は……恥ずかしいです」

自分が下着も洗っていいと言ったくせに。

尖ってしまっているそれを森野は指でつついた。

「すごく可愛いけど？」

カリッと引っ掻くようにされた時、陽菜乃はお腹の下の方がぞくっとしたのを感じた。ぴくん、と身体も揺れてしまう。

「んっ……」

その陽菜乃の様子に森野はいたずらっぽく微笑む。

「俺ね、陽菜乃のくすぐった時の笑い声も好きだし、そんなふうに抑えて喘ぐ声も好きだな。もともと感度がよさそうだったけど、くすぐったいだけじゃなくて、少しずつ感じやすくなってきている気がする」

「そう……でしょうか」

だったらいいのに、と陽菜乃は思うのだ。

「キスだけでとろとろになってるところとか、服の上から尖ってるのが分かるくらいのココに触ったらびくびくしちゃうとか、感じやすくて可愛いよ」

森野がふわりと笑って陽菜乃の頬にちゅ、とキスをしてくれる。ご褒美のようなそれは陽菜乃にはなんだかとても嬉しいものだった。嬉しくて、ついうふふっと笑ってしまう。

「本当に可愛いな」

「男の人からは萎えるなんて言われてたのに。森野さんは優しいですね。そんなふうに言われたら嬉しくなっちゃって……」

きっと今でも森野は、陽菜乃の取材のためにセックスを教えている、という認識なのだろう。

そう思ったら陽菜乃は胸がちくっと痛くなった。

森野ならば、きっと割り切った関係性に慣れているから、教えてもらう取材相手としては適切だと思っていたのだ。

それでよかったはずなのに、こんなに切ないのはどうしてなんだろう？

あの時は教えてくれるのなら誰でもよかったはずなのに、今は身体を許すのは森野だけだというこの気持ちは……


（――そっか……私、好きなんだ）


それは思いがけない形で、ふわりと陽菜乃の心に落ちてきた。

悪い男なのだと分かっていたのに、その優しさや思いやりに惹かれて好きになってしまった。

この人は好きになってはいけない人だ。森野だって、陽菜乃が恋に落ちることはないと思ったから相手をしてくれていたのではないのだろうか。

話が変わったなら、変わってしまったと本当は伝えなくてはいけない。

それは分かっている。でも……

「陽菜乃……」

そうやって甘く名前を呼ぶ声に逆らえるはずもなく。

（なく……ん？　そういえば、いつから名前、呼ばれていたんだろう？）

「あの、森野さん？」

「んー？」

そう返事しつつも森野は陽菜乃の首筋に顔を埋めている。唇や舌が首に柔らかく触れて、思わず声が漏れてしまっていた。

「んっ……あんっ……あの、私、名前っ、ひゃあんっ……」

「むちゃくちゃ可愛い。名前がどうしたの？」

「いつの間にか名前で呼ばれてて」

「いや？」

そんなに可愛く首を傾げないでほしい。いやなんて一生言えない。

「いえ。すごく……嬉しいんですけど」

森野は陽菜乃の横で肘をついた。肘をついていて、上目遣いなのがものすごく可愛い。男性なのにこんな表現もどうかと思うが、仕事中は頼りがいのある上司でありながら、ベッドの上でこんなふうに甘えるのは、ズルいを通り越してもはや卑怯ですらある。

（可愛いがすぎるんですけども）

「ねぇ？　じゃあ、俺のことも名前で呼んでよ」

「え？　それは無理です」

だって、きっと好きなのに、気持ちがあるのに、名前なんかで呼んでしまったらきっと、もっともっと気持ちが傾いていってしまう。

「即答か……では呼ばせるように仕向けるってのも面白いかもな」

「え？」

（なんか今、不穏な言葉が聞こえたような）

にこっと陽菜乃に向かって森野は微笑んでいるけれど……

「いや、なにも？」

（絶対なんか企んでる！）

森野は陽菜乃に向かって腕を伸ばして、きゅうっと抱きしめた。

足まで絡められて、全身で抱き込まれるのは安心するし、とても心地よい。

陽菜乃もその背中に手を回してぎゅっと抱きついた。内心は複雑ではあったけれど、その心地よさには逆らえなかったのだ。

こんなに密着していて二人の間にはなにもないのに、気持ちは一つじゃないんだと思うと切なかった。それでも大事そうに抱きしめられるから、それを幸せに感じもする。柔らかく唇が触れる首筋が、まるで熱を持ったように熱く感じた。

「ふぅ……んっ……」

ぞくぞくっとして、陽菜乃は思わず目の前の森野の身体にさらにぴったりと抱きついてしまった。

「ん？　くすぐったくはないな？　気持ちいい？」

額や頬にキスされながら優しい声で聞かれた。こくっと陽菜乃は頷《うなず》く。

「ほら、やっぱり少しずつ感じやすくなってきてるよ」

陽菜乃の胸に森野の手が触れた。くすぐったさもあるのに、確かに違う感覚が自分の中にあることを陽菜乃は感じた。こんなふうに丁寧に身体を暴かれたことはない。

「あ……んっ……」

「少しくすぐったいのかな」

「ん」

その時、尖った胸の先端をきゅっと摘まれる。

「んっ……」

「胸はまだくすぐったいのに、先は感じちゃうんだ。やーらし」

くすくすとからかうように笑う声はちょっと意地悪。なのに、陽菜乃はいやらしいと言われてぞくぞくっとしたのだ。

くすぐったいばかりで感じるなんてことはなかったはずなのに、感じている、やらしいと言われて身体が熱くなってしまった。下腹部はもどかしくて、きゅんとしている。

もっと、触れてほしい。じっと腕の中から森野を見つめた。

「その顔、すげーヤバいって分かってるかな。物欲しげでエロくて、普段絶対しない顔してる」

してるかもしれない。だって普段はこんな気分にはならないから。

「森野さん、もっと教えて。やらしくて、気持ちいいこと……」

「いいね。教えてあげるよ。英って呼べたらね」

胸の先端を指先でつつかれながら囁かれる。

「呼べたらいっぱい気持ちよくしてあげるよ」

(——いっぱい……？　気持ちよく？)

「ん……英さ、ん？」

「呼び捨てしてほしいけど、まあそれでも呼べるだけマシだな。陽菜乃、約束通り気持ちよくしてあげる」

胸を手で直に触れられるとまだくすぐったい気がして、陽菜乃は軽く身をよじる。

けれど、胸の先を摘まれた時に今まで感じたことのない感覚がした。

「どう？」

「お腹の下のへんがキュッとするかも」

「それは気持ちいいからだよ。嬉しいな。もっと気持ちよくなってほしい。陽菜乃、敏感な場所は気持ちのいい場所だよ」

甘くて優しい声はそうやって陽菜乃にまるで教え込むように触れながら何度も囁く。

今、触れられているところは気持ちのいいところ？　そうかもしれない。

だって、森野が触れるとすごくぞくぞくして、感じたことのない気持ちになるから。

触れられているところ全部、快感に直結しているような気がする。

ひとつずつ教えられながら、陽菜乃は自分を変えられていってしまうようにも思えた。

もう、やめよう。きっとどんどん好きになってしまって、たくさんこういうことを森野としたくなってしまう。

教えてほしいと陽菜乃が言ったから、教えてくれているだけなのに。それを勘違いするようなことは絶対によくない。

だから、今は、今だけは、教えてもらえることもその感覚にも、自分の気持ちにも、今だけは正直になってまっすぐぶつけよう。

今だけは。そうして、きちんとお礼を言って、これからのことは改めて考えよう。

「何を考えているの？」

「こんなふうに気持ちよくなれるなんて思ってなかったの。英さん……気持ちいい」

「俺だけが陽菜乃を気持ちよくできるんだよ？」

そうかもしれない。

ハーフパンツを脱がされて、パーカーも脱がされた。足なんて触られたら、以前はくすぐったいだけだったのに、今は違う。それでも身体にはあまりくすぐったくなりそうな感じには触れないでいてくれて、森野は陽菜乃の両足を大きく開く。

「や……恥ずかしいよ……」

「触れられなくても見られるだけで感じてるの？」

いたずらっぽく笑う森野に、その通りだと陽菜乃は羞恥心を煽られてしまった。

見られているだけなのに、その視線が淫らだから。

羞恥心を感じることでさらに背中はぞくぞくして、足の間に温かいものがとろりとこぼれた感覚があった。

「恥ずかしがっている陽菜乃が見たい」

そんなことで喜ぶなら、どれだけだって恥じらう姿を見せられる。足の間に熱すら感じそうなくらいにそこを覗き込まれるのは、意識しなくても、どうしたって恥ずかしい。

「恥ずかしいって言ってるけど、見られて感じているよな？　だって、ここが溢れてきてる」

「あ……やだっ、そんなこと言わないで」

「じゃあ言わない代わりに分からせてあげる」

中に入った指が動かされて、粘着質な音を立てた。ひっそりと静かな寝室に、その音はひどく淫《いん》靡《び》に耳に届く。

ぷっくりと主張してしまっている芽を、溢れた愛液で濡れた指でゆるゆると刺激された。中を探る指と、外を刺激される行為と、耳から入る音と、森野に見られていることで——どんどん身体が敏感になっていってしまう気がした。

その時、森野が陽菜乃の胸元に顔を近づけ、陽菜乃はどきんとする。さっきから摘まれて尖ってしまっていた胸の先端にゆるりとその唇が触れたのだ。腰の辺りがぞくぞくっとした。

「あっ……ん……胸と下、一緒にしちゃ……や」

「嘘つきだな。両方したら中から溢れたぞ。また、見てやろうか？」

「や……」

身体がびくっと揺れてしまうのを止めることができない。陽菜乃が反応してしまうところを森野は的確に指で擦ってくる。

「んっ、ダメ、そこっ……」

「ダメ？　こんなに悦《よ》さそうなのに？」

「き……ちゃう、きちゃうからぁっ」

「イきそうなんだ？　イっていいよ」

そうして森野の手で絶頂に導かれる。

「陽菜乃、可愛い」

こぼれそうなほどの愛液を自身にまとわりつかせて、森野が中に入ってくる。圧倒的な存在感と圧迫感に最初は辛いような気がしたけれど、優しく擦られているうちに、森野が陽菜乃の気持ちのいいところに当たるように刺激してくれているのが分かった。何度も引っかけるようにそこを行き来されると、腰が蕩《とろ》けそうな心地になるのだ。

最初はこらえることのできていた声も止めどなく口から溢れてきた。自分から甲高く甘い声が漏れてしまっていることが陽菜乃には信じられなかった。それに気づくと恥ずかしくて、口元を手で覆いたくなってしまう。

「ダメ」

それに気づいた森野が、陽菜乃の手を掴んでベッドに押し付けた。

「こらえられないその声、聞かせてよ。気持ちいいところも教えて。イキそうな時はイくって言って。陽菜乃を全部見たい」

耳元に唇が当たる感触も中で擦られるのも、全部見たいなんて言われることも、全部我慢できなくて、ひっきりなしに喘ぎ声が漏れてしまう。

「っあ、も無理っ……」

「無理……？　何が？」

「腰っ……とろけそ……う」

「なんて可愛い表現。いっぱいとろけて？」

こらえきれない声が漏れることも、気持ちのいい場所があることも、陽菜乃は知識としては知っていた。

けれどそれがこんなに熱を伴うものだなんて知らなかった。本当に我慢ができなくて焦れてしまうことや、もっとして、と心から願うことも。

そして、甘くて優しい森野の声もだ。

(絶対に忘れないわ)

そう思えば思うほど身体に刻み付けられていくことに、陽菜乃は気づいていなかったのだ。

口元に笑みを浮かべた森野が、陽菜乃の右足をひょいっと持ち上げる。

（――え？）

ぐっと腰を押し付けられて、森野のモノがさらに奥に入ってきた。中で当たるところが変わって、感覚が変わり、陽菜乃からは悲鳴のような声が上がってしまう。

「やあ……っ、深い……っ」

「うん。また当たるところが違うからね。痛くはない？」

痛くはないけれど何かがすれすれの感覚だ。とにかく声を抑えられない。

「あ……あぁん、っ……」

「痛くはなさそうだね」

さっきまで気持ちよかった場所とは全然違うところを突かれている。

「や……むり、もうむりっ……」

「何が？　前回みたいに正常位で優しく擦るのがセックスだと思ってた？　甘いよ陽菜乃。理性なんかどっかやってしまえよ。恥ずかしいなんて気持ちも全部、俺に全部委ねろ……っ」

もうさっきから理性なんてどっかに行ってしまっている気もする。こんなにあんあん喘いで、普段誰にも見せないところを森野に見せてしまって、おかしくなりそうなところまで追い詰められてしまっているのだ。もう何かを考えることなんてできなくなっていた。

「おいで、陽菜乃」

森野に抱き上げられて、森野の上に乗せられる。

「自分で動ける？　気持ちいいように動いてごらん？」

「んっ……」

蕩《とろ》けそうな思考の中で、森野の声と、逆らえない光を湛えた瞳が下から陽菜乃を見ていた。

森野は陽菜乃の腰を掴んで上下に揺さぶる。

「こうだよ」

「あぁん……っ、それ奥まで来ちゃうよぅ」

「そう、奥の気持ちいいところに自分で動いて？」

奥はひどく敏感でもあるようで、そこを突かれたらますます思考能力なんて奪われていってしまう。気持ちいいのか、違うのかも陽菜乃には判断できない。

蕩《とろ》けそうな思考の中で、今どうしても確認しておきたいことが陽菜乃にはあった。

「英さんっ……気持ち、いい？」

森野は一瞬動きを止める。

「可愛いこと言わないでくれる？　イくかと思ったよね。すっごくいいよ。気持ちよくてこっちも溶けそうだ。陽菜乃は？　気持ちいい？」

「ん……気持ちいい。あ、もう身体起こせないよ」

「チカラ入らないのか。本当にたまらないな」

身体に力が入らなくて森野にもたれかかってしまっていた陽菜乃を抱き上げて、森野は陽菜乃の上になる。森野の下になって陽菜乃は安心した。

「すごく、よかったよ」

上になるのが初めてで不安だった陽菜乃を慰撫するように、森野は優しく頬を撫でる。

絶対上手くはなかったと思うのに、そういう優しさが本当に好きなのだ。

今度は深く何度も奥を突かれて、激しくされる。

正面に向き直った森野は腕の中に陽菜乃を閉じ込めて、緩《ゆる》やかに中を突いている。

先ほどまでの嵐に攫《さら》われそうな感覚とは違って、まるでこの世に二人しかいないくらいの密着感だった。

陽菜乃も、作り替えられてしまったかのような自分の中が、森野を逃がすまいと絡みついていることを感じてはいた。そうして気づいたら、夢中で森野の身体にしがみつくように腕を回していたのだ。

「ん？　気持ちいい？」

「これ、好き」

「蕩《とろ》けそうな顔、本当に可愛い。もう少し動くぞ？　辛かったら言えよ？」

「ん……」

今まで堪えていたものを解放するかのように、森野が腰を穿ち始める。突き上げられて、激しくされると、一緒に高まってしまうものなんだと初めて知った。

その高まりの中で気持ちも高まってしまったのだと思う。

「あっ……あぁ、英さんっ……好き……」

その瞬間、ソレは明らかに体積を大きくした。自分が締め付けてしまったのか、森野の興奮が高まったのかは分からない。もしかしたら両方だったかもしれないけれど。

「それ……ズルくないか？」

綺麗な顔にうっすらと汗をかいて、見たことのない顔をして、森野は密やかに呟いた。

なにも言葉はなかったけれど、陽菜乃の顔を覗き込んだ森野は唇を重ねる。

二人で舌を絡めながら、何度も何度も深いキスを交わしながら、陽菜乃は中を突かれ続けた。

「も……イく、イっちゃう……」

「うん。俺も。一緒にいこうか」

そんな言葉が心を幸せで満たすくらい嬉しいなんて、陽菜乃は思わなかった。

第四章

陽菜乃は半ば気を失うようにして、森野の腕の中で眠っていた。

たくさん汗をかいていたので、森野はベッドサイドにあったタオルでそっとその汗を押さえてやる。部屋はクーラーが効いているから、そのままにしていては冷えてしまうだろう。

この前も感じたことだが、こうして目を閉じている陽菜乃はひどく無垢で、セックスしている最中はなぜあんなに妖艶で理性を飛ばさせたくなってしまうのか、森野ですら不思議だった。

最初は、何も知らなかった無垢な陽菜乃を自分の色に染め上げるのはどんな気持ちだろうかという好奇心だった。実際にしてみたら、確かにそれはとんでもない快感を森野にもたらした。思うままに乱れていく陽菜乃が今は可愛くて仕方ない。

森野は知らなかったのだ。できあがったものを差し出されて受け取ることと、自分で育てるのとでは、気持ちが全く変わるものだということを。自分で何かを育てることには情が伴うものだ。手離したら、いつか陽菜乃は誰かと交際し、森野が知らない誰かと情を交わす。森野にはそんなことはもう我慢できなくなっていた。

そうして、自分の中にそんな感情があったことにひどく驚いたのだ。今までは身体を交わした相手が誰と何をしようと気にならなかったのに。

「これが嫉妬ってやつ？」

口をついて出てきたその言葉に自分が驚く。しかも、まだ現れてもいない相手に、である。

ベッドから起きあがった森野はシャワーを浴びに行くことにした。多分陽菜乃は体力が戻るまでは眠っているはずだ。しかも相当に体力を使わせたと思うから、しばらく起きてはこないだろう。

頭から冷たいシャワーを浴びて頭を冷やしても、冷える気はしなかった。

その中で自分の気持ちを冷静に見つめる。浮かぶのはたった一つだった。

――陽菜乃を手離したくない。

セックスだけではなくて、食事をしている姿も、からかうと怒る姿も、酔っ払ってふにゃふにゃな陽菜乃さえ自分のものにしたい。

この気持ちは「好き」というものではないのだろうか。

自分にはそんな女性は一生現れないと思っていた。

「好きな人」

それはひどくくすぐったくて、けれど宝物のような響きを森野にもたらして、森野はそんな自分に驚いた。

さっき、思わず、という感じで陽菜乃の口から溢れ出た「好き」は、森野に対してのものではないのだろう。身体を繋げるその行為についい溢れ出ただけのものだ。

きっと陽菜乃はそんなふうには思っていない。行為中に気持ちが昂ってしまえば、それくらいのことは口にしてもおかしくはない。

陽菜乃にしてみれば「セックスを教えてもらっている」という意識のはずだ。小説のためと言っていた。

そうなると、森野はその小説がどうなったのかとても気になる。まだ続いているのであれば、この関係は続くのだろうし、もし完結したら？　この関係も完結するのではないだろうか。

そうして新しい物語を陽菜乃は作り始める。そこに森野の居場所はないかもしれないのだ。

(ちょっと待て。そんなこと、許さないからな)

洗濯機の中の陽菜乃の服をハンガーに吊るしながら、これを隠したら陽菜乃は外に出られないのでは？　と、森野はちょっとバカな考えに取り憑かれそうになった。

ベッドルームに戻った森野は、無垢な陽菜乃の寝顔を見つめる。

(――俺のものになれば？)

それを、目を開けている陽菜乃に伝えたらどうなるんだろう。

『英！　私のものになってよ！』

かつてそう言った女性に、自分はどういう目を向けただろうか。

表面的な笑みを浮かべた気がする。

『それはナシって言ったよね？』

顔は笑っていたけれど、その目はひどく冷めていたはずだ。

自分があの時向けたような顔を陽菜乃に向けられたらと考えると、とても気持ちを伝えることなどできない。森野は苦笑した。

（本当にどの口がって感じだよな）

むしろいちばん本気になってはいけない相手に本気になってしまった。

それでも今、ここにこうしている陽菜乃は自分のものだ。たった今は自分のものなのだ。

ベッドの横に腰掛けて、すやすやと眠っている陽菜乃の頬を指で撫でる。森野はこのままで終わりにするつもりはなかった。

（俺を本気にさせたね）

身体を倒した森野は、真っ白でつるつるのその頬に唇を落とした。その頬に唇が触れる感触すら心地よくて、そのまま丸みのある顎からすらりとした首筋へと唇を滑らせる。

起こしてしまうかもしれないけど構わない。

柔らかくて弾力を伝えてくる胸にも、敏感に反応する先端にも唇をつけた。胸元は日に当たることなどほとんどないのだろう、もともとの肌の白さもあって真っ白だ。

森野はそこを強く吸った。真っ赤な痕が残る。つい夢中になって、いくつかその肌に花びらを散らす。とても満足な気分だ。

「ん……」

いろいろされていたらさすがに目が覚めたらしい。陽菜乃が声を上げた。

「森野さん？」

「違うでしょう？」

「そうではなくて、何かしています？」

先ほど森野が触れたから尖ってしまっている胸の先端をきゅっと摘まんだ。

「やんっ……そんなことしちゃ、やです」

「いやなの？　反応しているのに？　じゃあ別のところにしようか？」

「別？」

今度は下肢に触れた。しっとりというよりもぬるりとした感触を森野の指に伝えて、陽菜乃はいつでも森野を満足させてくれる。その芽を指でつぶすようにしたら、陽菜乃の身体がびくんっと跳ねた。

「ねえ？　もうくすぐったいだけってことはないよね？」

耳元にそう囁きかけると、目を潤ませた陽菜乃が小声で「いじわる……」と言う。可愛すぎてもっといじめたくなってしまうのだが。

「勃った」

そう言って、ゆるゆると自分のものを陽菜乃の足の間に入れて擦ると、どんどん溢れてきてくちゅくちゅとベッドの中で音を響かせる。その反応のよさが堪らない。

「挿れるね」

そう言って、陽菜乃の返事を待たずに後ろからゆっくり挿れた。

寝転がったままで後ろから繋がるこんな体位は、普段森野はあまりしない。けれど、腕の中で陽菜乃をしっかり抱きしめられるし、動きが緩《ゆる》くて陽菜乃の中をしっかり感じられるし、陽菜乃の腰をこすりつけるような、逃げようとするような動きがとてもいい。

森野は愉悦に浸り、陽菜乃を堪能し続けた。

◇　◇　◇

陽菜乃はなんだかごそごそされているのを感じて目が覚めた。

目が覚めた時はまだ、寝ぼけてぼうっとしていたのだ。そうしているうちに胸元や首筋に柔らかい髪の感触や、唇の感触を感じてはっきりと目が覚めた。時折きゅっとした痛みがあって、目を開けたら森野が陽菜乃の胸元に痕を付けていたのだ。

(――キスマーク？　なんで？)

「森野さん？」

思わずこぼれた声に「違うでしょう」と不満気な声を上げられる。

(呼び方のこと？　いや、そうではなくて……なぜキスマークを付けられているんだろう？)

それを聞きたくて口を開いたら、いたずらっぽい顔をした森野に胸の先端をきゅっと摘まれた。

「やんっ……」

口から出てしまった声が思ったよりも甘えたような響きになり、陽菜乃は戸惑う。なのに森野はとっても嬉しそうなのだ。

いやなら別のところにすると言われて、あらぬところに触れられたら、ぴくん、と身体が揺れてしまった。

「ねえ？　もうくすぐったいだけってことはないよね？」

森野は見透かしたような顔をしていた。きらりとした瞳がとても綺麗だ。確かにその通りでもうくすぐったいだけということはない。何を言わせたいのだろう？　絶対いじわるをしているのだ。圧倒的に顔がいいし。顔がいいのは無敵だと思う。何をしても絶対に敵わない。

「いじわる……」

「勃った」

（会話になっていません！　訳分かんないんですけどっ！）

さっき触れられたところに森野のものがゆるゆると当てられる。中には入れずに足の間で動かされて、自分が濡れてしまっていることを嫌でも自覚させられた。下肢からは赤面したくなるほど湿った音がしていて、恥ずかしいのにその音をさせているのが森野自身と濡れてしまっている自分の隘路《あいろ》なのだと意識すると、妙に腰がうずうずしてしまう。

「腰……揺れてる。やらしくて、可愛いよ」

そんなことを言われたら、さらにうずうずするような気がする。

「挿れるね」

耳元でそう囁いて、森野はゆっくりと中に入ってきた。いわゆる正常位とは違って、当たるところが違ってまた声を上げさせられる。ぎゅっと後ろから包み込まれるように抱きしめられるのもさっきとは違う。教えると言ったその言葉通り、いろんなことを教えてもらっているのが分かった。

後ろから抱かれて、前で交差している森野の手を陽菜乃はきゅっと掴む。

翻弄されながらも、森野と一緒ならどこまでも行けると思った。


思ったけれども……

「もう、無理です。本当に無理……」

ギブアップである。

「じゃあ、今日はこれで勘弁してあげよう」

（本気で言ってる？）

「本当にたくさんしましたよ！　それにこれ！　なんなんですか⁉」

ベッドから起き上がれなくなってぷりぷりと怒る陽菜乃は自分の胸を指さした。胸元に赤い痕が点々としているのだ。

「たくさんするって言っただろう？　それはキスマークだよ」

「本当にこんなふうになるものなんですね。……ではなく、なんでこんなにつけちゃったんですか？」

「好きだから」

（——はい？）

陽菜乃は一瞬耳を疑う。

（なんて言いました？　今？）

「陽菜乃を俺のものにしたくてつけた」

「その……取材、で教えてくれているのかと……」

「そのつもりだったよ。最初はね。けど、陽菜乃はどこまでも可愛いし発想は斜め上だし、放っておいたら危なげだし。だから俺のものにしたいって思ったんだけど。まあ……陽菜乃にしてみれば教えてほしいって感覚だったのに、そんなふうに言われたら迷惑かな？」

「ど……ういうこと？」

「好きなんだ。陽菜乃のことが」

そんなことはありえない。だって、こんなに綺麗で優しくてそのくせ時々ドSだったりして、そんな人が陽菜乃のことを好きになってくれるなんてことはありえない。

取材だと先に言い出したのは森野だし、教えてくださいと陽菜乃がお願いしたから教えてくれるだけの関係だったはずだ。

それが、好きなんて……

「からかわないでくださいっ！」

キャパオーバーだ。

反射的に外に出ようとした陽菜乃を、後を追ってきた森野が玄関で捕まえて、後ろから抱きしめる。

「それ、俺の服だし、逃がさないから」

森野はくるりと体勢を入れ替えて、廊下で壁に両手を付き、その中に陽菜乃を閉じ込める。

その距離の近さと、顔の近さと腕の中に捕らえられる感じに陽菜乃はくらくらした。

（壁ドンの実体験ヤバ……）

しかし、当の森野は、怒っているような悲しそうな顔をしている。

「森野……さん……」

「その呼び方が距離感なのだと気づくべきだったよな」

「待って、違っ……」

「違うの？　何が？」

悲しそうな顔で首を傾げないでほしい。抱きしめて、慰めたくなってしまう。

嫌いじゃない。距離を置きたいわけでもない。

ただ、戸惑っているだけなのだ。

好きになってはいけない悪い男なのに、どうしてこんなに悲しそうで、まっすぐで、自分を逃がしたくないという思いが痛いくらいに伝わるのだろう。

「英さん、私……」

「英ー！　彼女、まだいる？」

ガチャっとドアが開いて顔を出したのは朝、陽菜乃の顔を覗き込んでいた、綺麗な男の人だった。

「あれ？　お取り込み中？」

「どうしてあなたはいつもそうっ……取り込み中ですよ！　見たら分かるでしょう！」

取り込み中かと聞いた男性に森野は怒った顔で言い返している。こんな姿も見たことはない。

陽菜乃は思わずきょとんとしてしまった。

男性は森野の怒りに怯むこともなく、腕を組んでにやにやと陽菜乃のことを見ている。

「なるほどねー、英のパーカーとハーフパンツ。髪もまだくしゃくしゃで、外には出させてもらえなかった？　しかも、なにか行き違いがあるわけだ？」

その言葉に慌てて髪を直す陽菜乃だけれど、服はいかんともしようがない。森野は黙り込んでいた。

「英さん？」

「こんな時ばっかり名前で……。陽菜乃、俺の兄だよ」

（やっぱりそうなんだ）

顔立ちが似ているし、森野が少し気を許している感じがしたから、きっと兄弟なのだろうとは思ったけれど、まさかこんな時に会うなんて。

彼は陽菜乃に向かってその綺麗な顔をにっこりと微笑ませた。

「初めまして。陽菜乃ちゃん？　可愛い名前だね。ごめんね、俺がはしゃぐのには理由があるんだよ。こいつ絶対モテてるはずなのに、家に女性を連れてくることはなかったからさ。しかも、連れてきたかと思うと、すごく清楚な可愛い子だし」

「え？　そんな清楚だなんて……」

森野似のイケメンに清楚と褒められて、照れてしまう陽菜乃だ。清楚なんて、言われたことないけどすごく嬉しい。

「陽菜乃っ！　そこに食いつくんじゃない！　俺だって清楚で可愛いって思ってるからな」

全くもう、だから心配なんだ、と森野が小声で言っているのが聞こえた。

「だから、今までそういうことはなかったって言っているのに。好きなのは英さんだけです」

スルッと口から出てしまった。しかも、兄の前で、玄関先である。

森野は真っ赤になって口元を押さえていた。

「陽菜乃～～」

「あ……あれ？」

（――これは告白になっちゃうかなぁ？）

「仲良しだなぁ。陽菜乃ちゃん、これから一緒にご飯はどうかな？　近くのレストランでピザのテイクアウトをしているから買ってきたんだ」

そう言った兄の手元の袋から、先ほどから胃を刺激するいい匂いが漂っていたことには陽菜乃は気づいていた。くう……とお腹がなる。

「英さん、お腹空いた……」

「英ー、お前食べさせないでヤリ散らかしてたの？　全くもう。ごめんね、陽菜乃ちゃん。気が利かない弟で」

（ヤリ散らかし……いや、間違ってはないけど……その表現は……）

再度にっこり笑った兄は陽菜乃の胸元を指さした。男性用の服は陽菜乃には大きくて、開いた襟ぐりからキスマークが見えてしまっているのだ。気づいた陽菜乃は真っ赤になる。

「英さんのバカーっ！」

半泣きで目に涙を浮かべている陽菜乃の頭を兄が撫でようとするのを、森野がぺしっとはたいている。そして陽菜乃をぎゅっと抱きしめた。

「バカだってさ」

そんな森野を見て兄がからかうような声を出す。はずみとは言え「バカ」と言ってしまったのでちょっとだけ申し訳ない気持ちになる。けど、それには森野は淡々と返していた。

「陽菜乃にはね」

「すごいマーキングだったよな。そんなに大好きなんだ」

「陽菜乃のことはね」

この兄弟は仲がいいのだろうか？　悪いのだろうか？

それにしても兄の前ではこんなに子供っぽくなってしまうとは、そんな森野も可愛いと陽菜乃は思ってしまう。

兄は陽菜乃に向かってにこり、と笑った。ついつられて陽菜乃も笑顔を返してしまった。笑う顔が本当に森野に似ている。

「改めて、英の兄の森野真崎《まさき》です」

「小島陽菜乃です」

真崎が買ってきてくれたピザを食べるため、三人はダイニングに移動した。

「陽菜乃ちゃんは何者なのかな？」

その質問には森野が答えていた。

「部下ですよ」

「ああ、会社の？　じゃあ、ごく真面目な普通のＯＬさんなんだ。いいね……」

（ん？　いいねとは……）

真崎の陽菜乃を見る目が妙に艶っぽくて陽菜乃はどきっとする。きゅんとすると言うことではなくて、なにか獲物にされてしまいそうな視線なのだ。

そんな陽菜乃の不安を察したのか、森野がテーブルの下で手を繋いでくれた。それだけで安心できる。

「ごく真面目なＯＬさんが、英を夢中にさせてるっていうところにぎゅんとくるな」

むしろその真崎の発言の方に陽菜乃はぎゅんときた。

「英さんが？　夢中になんて、なってますか？」

「もう、それはすごく。英はあまり熱くならない性格なんだけど、時折驚くほど執着することがある。中学でバスケに熱中していた時はそんな顔してたよ。その時の英だね」

（バスケ部だったんだ）

「兄さん」

森野が鋭く兄を遮ろうとする。けれど、陽菜乃はもっと聞いてみたかった。だって、今では全然想像できない姿だ。

中学時代のバスケ少年だった森野。可愛すぎる。写真が残っていたらぜひとも見たい。バスケットゴールを真剣に見つめる森野。ちょっと汗をかいたときとか、ユニフォームの裾で汗を拭いてしまうかもしれない。チラ見えする腹筋……ヤバすぎる。

妄想が暴走しかけたところで、陽菜乃は森野に笑顔を向けた。

「英さん、バスケ部だったんですね」

「一年でやめた」

「英を見に来る女子で大変なことになってしまったみたいでね。先輩からも妬まれたみたいだし、何よりチームのためによくないって泣いてたな」

驚きのエピソードだが、チームを思う森野の気持ちや、泣いていたなんて可愛い話に、つい陽菜乃は微笑んでしまう。

「そういう顔しないでくれる？」

「だって、素敵なエピソードだし中学生の英さんが可愛くて。泣いたりしちゃったんですね」

「泣いてないから」

「いや、あれは泣いてた」

「盛るのはやめてほしい」

まるで子供のケンカのようなやり取りで、やはり仲がいいんだな、と思う。家族と離れて暮らしている陽菜乃には羨ましい。

「お二人仲良しなんですね。なんだか羨ましいです」

「俺は兄に育てられたようなものだからね。頭が上がらないんだ」

「へえ？　そんなふうに思ってたんだ？」

どうもこの兄にしてこの弟あり、のような気が陽菜乃はしてきた。兄の真崎は弟の英をからかいたくて仕方ないようなのだ。

「お兄さんは何をされているんですか？　って聞いてもいいのかしら？」

そこで陽菜乃は森野の盛大なため息の音を聞いた。

「かまわないよ。経営者なんだ。何を経営してるかは本人に聞いたらいいよ。陽菜乃にはとても興味深いところだと思う」

（興味深い？）

「へえ？　どうして？」

真崎が言う。どうやら陽菜乃よりも、真崎の方が森野の発言が気になってしまったようだ。真崎は森野に向かって首を傾げた。

「陽菜乃はウェブ小説を書いているそうなので。兄さん知ってます？　ＴＬとかいうジャンルらしいですが」

「ティーンズラブか。うちでも層が被っていそうだ」

イケメンの口からサラリとティーンズラブという言葉が出てきたことに陽菜乃は驚いた。

「どういうことでしょう？」

「兄は、女性向けのサイトを運営している会社を経営してるんだ」

「もあらぶサイトって知ってる？」

「知ってます！」

もあらぶサイトとは、大人の女性向けに動画や音声、大人の玩具の情報などを発信しているサイトだ。有料の動画配信はいわゆる女性向けAVで、音声配信ではASMRという、特殊なマイクを使って録音した女性向けの囁き声などを聞くことができる。ASMRはイヤホンを使うことで直接耳元で囁かれているような気持ちを体感できる、女性向け配信ではメジャーとなりつつあるものだ。

陽菜乃も資料を集めるのに、もあらぶサイトを使っている。女性特有のお悩みや快感の引き出し方なども記事として載っていて、TLを書く上でもとても勉強になるのだ。

「へー、そうなんだあ？　俺のことは知らないの？」

なぜ知っていると思うのだろうか？

「一応有名なんだけど。エロメンて知ってるかな？」

「もちろんですけど」

（――ま……まさか！）

面影に少しだけ見覚えがあった。画面を通していないし、印象がだいぶ変わっていたから気づかなかったのだ。

「サキさん！」

サキはエロメンのはしりとも言われていて、彼がいたからその言葉が生まれたと言われている。それまでのAV市場というのは男性向けが主だった。女性に爆発的人気を誇るサキが出てきたことによって、ストーリー性のある女性向けAVにニーズがあると市場に知らしめた人物とも言われているのだ。

演技力もあり、ストイックな御曹司の役も、ちょっとチャラっとしたホスト役なんかもはまっていて、幅広い役をこなせる人物だった。少し前には深夜帯でバラエティのレギュラー番組も持っていたはずだ。

今は表舞台には出てきていないが、経営者になっていたとは陽菜乃はもちろん知らなかった。

『サキ』が『まさき』のサキだとは全く気づかなかった。

しかも、そんな有名なサイトの運営をしている経営者だとは！　陽菜乃が大変お世話になっているサイトでもある。

「すごいですよね、もあらぶサイト！」

「お陰さまで業績は右肩上がりなんだ。女性もエッチな気持ちになることはあるし、エロって男女関係ないと思うんだよね」

「ですよねっ！　それに、もあらぶサイトのレビュー、すごく参考になります」

「何か買ってみた？」

「いえ……買ってはいないんですけど、感想欄がとても参考になるので」

サイトには動画コンテンツの他、女性向けの大人の玩具や、ローションなどのアダルトグッズがとてもオシャレに掲載されている。それぞれにレビューがあるのはもちろん、女性のお悩みにプロが答えてくれるコーナーなども充実しているのである。

「ああ。玩具なんかだと結構どこに当たるとか具体的に書いてくれてるからね」

新しくエロメンと呼ばれる人たちがたくさん出てきても、いまだにサキの動画は人気を集め再生されていると言うし、その世界ではカリスマとして有名な人物である。

「英さん、すごい方がお兄さんなんですね」

陽菜乃が目をキラキラさせてそう伝えると、英は苦笑していた。

「そんなふうに言ってくれるのは陽菜乃だからかもな」

「英、陽菜乃ちゃん、いい子だな」

「ええ」

「だって、サキさんと言えばパイオニアですよ。サキさんのおかげで女性もエッチなことを楽しんでいいんだって思った人はきっといっぱいいます。大人なんだもの。エッチなことってあっていいと思うんです」

本来、誰にでもある気持ち。けれど、陽菜乃は今までコンプレックスのせいで、それを享受することはできなかった。だからこそ憧れのようなものもあったかもしれない。

それを体感した今は、してよかったと思っている。それを教えてくれたのが森野でよかった。

「だからＴＬなんだ？」

森野の優しく問う声に、こくりと陽菜乃は頷《うなず》いた。

「大人の男女ならそういうことがあって普通かなって思うんです。さらにそこに溺愛とか甘いえっちがあったら最高かなって」

「陽菜乃が俺とそういうことになったきっかけも『セックスを教えてください』だったからな」

微笑ましげな森野を見て、真崎は陽菜乃に尋ねる。

「どこのサイトでどういう名前で書いてるの？」

「それは……ちょっと」

「ではもしも言ってもいいと思ったら、教えて？　俺も役に立てることがあるかもしれない」

「はい」

そう返事はしたけれど、どういうことなのか陽菜乃には分からなかった。


帰りは森野が車で送ってくれた。

金曜日に美佳と飲みに行ってから、怒涛のような展開だった。

森野はもう一日泊まっていけばいいのに、と不満気だったけれど、急なことで準備もしていなかったし、何の準備もないまま二日もお世話になるのには陽菜乃も抵抗がある。

「じゃあ、来週は泊まれるようにしておいでよ。一緒に過ごそう」

落ち着いた空間でたった二人きりの今、陽菜乃はどうしても聞いておきたかった。

「英さん、本当に私とお付き合いしてくれるの？」

「本当だよ。たった今、この時も俺は陽菜乃の彼氏だよ」

そう言って、森野は信号待ちの間、きゅっと手を繋いでくれる。その包み込むような温かさや男の人らしい手の大きさに陽菜乃は安心感を覚える。

「溺愛とか、甘いえっちがあったら最高かなって、陽菜乃、言っていたよね」

「それは、小説の話ですよ」

「じゃあ、現実にはいらないの？」

森野は首を傾げる。

(――困った。彼氏が可愛すぎるし、好みすぎる)

「現実でもあれば嬉しいですけど……」

「困ったなぁ。戸惑う陽菜乃、むちゃくちゃ可愛いんだけど」

そう言って一瞬だけするっと陽菜乃の頬に手を滑らせると、信号が変わってしまったので前を向いて森野は車を出した。

(同じこと、思ってた)

今までだって交際というものをしたことがなかったわけではないけど、こんなに素敵で、こんなに陽菜乃に甘い人はいなかった。

たった今、この時も彼氏だとハッキリ言ってくれたのがとても嬉しい。

「私、本当はもう終わりにしようって思ってました」

「うん？」

「英さんのこと、好きだって気づいても、好きになっちゃいけないって思っていたから」

「今も？」

陽菜乃は首を横に振る。

「今は違います。とても好き。さっき、今この時も彼氏だよって言ってくれて、とても嬉しくてすごく好きだなぁって思いました」

マンション、ここです、と陽菜乃が指を差す。森野はそのマンションの脇に車を寄せて停める。

「陽菜乃、さっき好きになっちゃいけないと思っていたと言っていたよね。俺もそう思っていたよ。陽菜乃は取材がしたいのだろうから、求めてはいけないんだと思ってた」

「今も？」

違うと分かるからあえて投げかける問いだと気づいたようで、森野はふっと笑う。陽菜乃は分かっている。森野は陽菜乃を抱き寄せた。

「今は違う。今は帰したくないよ。離れたくない」

陽菜乃もその身体にきゅっと手を回した。

「私もです」

「キス、してもいい？」

「して？」

「なんか、もっとすごいことしてるし、されてるのにすごく新鮮だ」

「確かに、そうですよね」

二人で額をくっつけてくすくすと笑う。そして、柔らかく唇が触れ合った。

羽根のように唇がそっと重なったそのキスは、恋人として初めてのキスで、それは今までのものと全く違った。

「好きだよ、陽菜乃」

「私もですよ」

なんだか、名残惜しくて何度も唇を重ねてしまう。

深いものではなかったはずなのに、だんだんお互いがお互いを求めるように少しずつキスは深くなっていった。

気づいたら舌まで絡み合って、お互いの息も、熱も上がってゆく。

「は……っ、ヤバ、このままだとしたくなりそう」

「車ではちょっと……」

「ちょっと狭いのも悪くはないんだけど？」

森野はイタズラっぽい笑顔だ。

「見られるかもって思うのがイヤなんです」

「今はやめておこうね。俺もそんな陽菜乃の姿を誰かに見られるのはイヤだな。週末を楽しみにしておくよ」

そう言って、陽菜乃の額にキスをした森野は、名残惜しそうに陽菜乃の頬も撫でる。

お仕事中はとても真面目でよくできる人で、えっちの最中は時々Sっぽくて、けど恋人に溺甘な人。

「またね」

そう言われて、陽菜乃は後ろ髪を引かれる思いで車のドアを開ける。ずっと車の中にいるわけにはいかないのだ。

「陽菜乃」

手を掴まれて、指先に軽くキスされた。

「おやすみ」

「おやすみなさい」

胸がきゅんとしてしまう。こんなおやすみのご挨拶があるのだろうか？　あるらしい。

陽菜乃はとても幸せな気持ちで家に帰ることになったのだった。


自宅に戻ると陽菜乃はまずパソコンの電源を入れる。投稿サイトの確認をするためだ。

取材させてもらって公開した小説は引き続き好評で、サイトに接続すると毎日たくさんの高評価のレビューが届いている。それをチェックするのが最近のルーティンになっている。

毎日のようにレビューが届くなんてことは今までなかった。一つ一つの感想に目を通し、陽菜乃はそれにコメントを返してゆく。最近いちばん多いコメントは『次の作品を心待ちにしています』というものだ。

今度は執筆アプリを開いた。執筆アプリは小説を書くためのものだ。章分けや構成などが簡単にできるようになっている、小説を書くことに特化したアプリケーションである。

陽菜乃はそこにいくつか、書きかけのネタのようなものを置いてあった。プロットという下書きのあらすじのようなものや、キャラクターと大まかな流れだけのものなど、まだ小説にはならないけれど、書きたかったネタが執筆アプリにたくさん置いてあるのだ。

「次の作品、かぁ……」

陽菜乃は読み専だった時からＴＬが好きだった。ちょっとご都合主義的な展開の恋愛もので、ヒロインはヒーローに愛される。展開が分かっていても、読んでいる時はそれで幸せな気持ちになれるのだ。だから、自分もそういう作品を書いている。

小説というのはエンターテインメントでもあると思うのだ。自分も読んでいた時は楽しませてもらっていた。

だから読んでいて楽しいものを、が陽菜乃の信条なのである。小説は現実ではなくてフィクションなのだ。多少現実味はなくても構わない。そこはかとなく漂うリアリティと夢のような展開。それが醍醐味なのだと陽菜乃は思っていた。

自分のリアルと、小説の世界で提供しているもの。もちろんそれは別ではあるけれど、読んでくれている人が少しでも幸せな気持ちになってくれたらいいなあ、というのが陽菜乃の変わらない気持ちである。

その時、通話アプリに着信があった。相手は例によって美佳だった。

陽菜乃は昨日のことを謝る。

「こんばんは。昨日はごめんね。むちゃくちゃ酔っていたのね」

『あれ？　帰ってるの？』

（どゆこと？）

『森野さんのあの様子では帰さないかなと思ったから』

笑いを含んだ美佳の声に、どんなふうだったのか、と陽菜乃は疑問に思った。なにせ記憶がないのだ。

「どんなふうだったの？」

『もう、陽菜乃が可愛くて仕方なーいって感じ』

美佳の前でもそんなふうだったとは思わなかった。

『だから、帰さないかもって思ったんだけどねぇ』

「さっき、帰ってきたとこ」

『お泊まりはしたのね』

美佳には報告しておこう、と陽菜乃は口を開く。

「お付き合い、することにしたよ」

『そっかぁ、よかった！　森野さん、あんなに陽菜乃のこと大好きそうなのに、いつ告るんだろって思っていたから』

「でも、あんなに素敵な人、いいのかなぁ」

『意外とね、あんな人のほうが大事にしてくれたりするのよ。もう遊びも飽きているだろうし。これって見定めた人を大事にしたいんじゃないかな』

聞き心地のいい美佳の声が優しく陽菜乃の耳に響いた。

『よかったね。おめでとう』

親友からの祝福は何よりも嬉しい。

「ありがとう」

『まあ、それはそれとして、陽菜乃、サイトでコンテストやっているの知ってる？』

「コンテスト？」

美佳にそう言われて陽菜乃はサイトに画面を切り替える。

運営からのお知らせの他、画面の大きく目立つところにコンテスト開催！　と書いてあった。サイドバーのコンテスト開催！　という文字を発見した陽菜乃は、そのバナーをクリックする。

サイトでコンテストが行われることがあるのは知ってはいた。けれど、陽菜乃はそういったものに作品を出したことはない。

今回開催されるコンテストは、あらゆるジャンルが対象のようだ。小説投稿サイトにはいろんなジャンルの作品が投稿されている。もちろん陽菜乃が書いているような恋愛ものから、ヒューマンドラマ、ミステリーや、ファンタジーまでいろいろだ。

概要を確認すると、今回のコンテストは大賞ともなれば賞金百万円が贈られ、作品が書籍化されるような大きなコンテストのようだった。普段の陽菜乃ならば、私には無理だと諦めてしまっただろう。

けれど、今回の作品は美佳が表紙を作ってくれて、書いている最中も励ましてくれて、森野の協力もあって完成した作品だ。いつも読んでくれている読者も今回の作品はすごくいいです！　と言ってくれていた。

書いている間、いつもはたった一人で作業しているのに、この作品については一人で作業しているという気はしなかった。皆がいて、自分がいる。そんなことを実感できた作品だったのだ。

「コンテスト、出してみようかな」

『うん。出してみなよ。この前の作品は十分に出せるものだと思うよ。改稿すれば可能性はあると思う』

そうやってチャレンジしてみようと思ったのも、森野とのことがあったからだ。

陽菜乃は自分がくすぐったがりの体質で、誰かと触れ合うことも恋愛すらも諦めていた。

けれど、そんな陽菜乃にも、他人から与えられる絶頂というものを経験することができたのだ。

そのうえ、彼氏までできた。

森野は終始、陽菜乃に教えてくれていた。セックスのことだけではない。その強さや立ち居振る舞い――陽菜乃に協力すると言った以上、全面的に協力してくれたあの態度も、陽菜乃が経験が浅いと知ってものすごく気を遣ってくれたことも、不安な時は手を握ったり抱き締めたりしてくれたことも、そしてさっき、ごまかさずに自分からハッキリと陽菜乃の彼氏だと言ってくれたこともだ。

それがどれほどありがたかったか、森野には分からないのではないかと思うくらいに陽菜乃は感謝していた。

――諦めないで縁があれば、絶対に無理だと思っていたことでも叶うことがある。

それを陽菜乃は実感していたから。

「改稿すれば、かぁ。なんかアドバイスある？」

『いいの？』

美佳の目に間違いがないことは陽菜乃がいちばん知っている。

『えーと、まず出だしはすごくいい。二章の頭のところなんだけど、ヒーローの立ち位置が……』

「ち……ちょっと待って、メモをとるから」

必死で取ったメモは、ノート十ページ分にも及んだ。細かいところから、場所によっては大きな流れまで、美佳は丁寧にアドバイスしてくれたのだった。

『陽菜乃、分かっていると思うけど、ダメ出ししてるんじゃないのよ。私のは単なるアドバイス。それを活かすのは陽菜乃にしかできないから。本当に応援してる』

パソコンから聞こえてくる美佳の声はいつも穏やかで力強い。

「うん。分かっているよ」

きっと、ここまでアドバイスするために美佳は相当作品を読み込んでくれていたはずだ。陽菜乃がコンテストにチャレンジする、と言ったからアドバイスしてくれた。おそらく美佳の性格からすると、陽菜乃がやらないよと言ったら、そのアドバイスはなかったことにしただろう。そういう人なのだ。

「美佳、ありがとう。大好き。頑張るから」

『うん。辛くなったらいつでも言ってね』

気風《きっぷ》がよくて優しくて、強くていつもキラキラしている美佳が陽菜乃は大好きだ。いつも励まされる。でも、陽菜乃がいつもありがとう！　と言うと美佳は嬉しそうに『私も陽菜乃にいつも癒されてるよー』と言ってくれる。

そんな美佳にいい報告ができたらいい、と陽菜乃は強く思った。

第五章

月曜日は通常通りの業務である。陽菜乃もいつものように仕事をしていた。ただ昨夜は小説を書くのに夢中になってしまって、今日はやや寝不足気味だ。

そんな陽菜乃がふと目をやると、森野が仕事をしている姿が見えた。拝みたくなるほど麗しい。姿を見るだけで元気になれる。

眼鏡をかけたその姿はプライベートの時の森野とはまるで別人のようだ。会社では表情もあまり変わらなくて淡々としている。

陽菜乃の手をつないで「たった今、この時も彼氏だよ」と甘く言ってくれたこととか「キスしてもいい？」と首を傾げた姿なんかは夢だったんじゃないかと思えてくる。

つい、ぼうっと見てしまうと、ふと目が合って、慌てて陽菜乃は目を伏せた。

(――いけない。つい見とれてしまったわ)

「小島さん、いいですか？」

「はい！　大丈夫です！」

声をかけられ、陽菜乃は元気に返事をしてしまう。声をかけたのは営業部の皆川だった。

「すみません。お願いしていた資料ができているかどうか確認したかったんですけど」

仕事中は仕事優先！　陽菜乃はできあがった書類を入れておくケースから、皆川の分のクリアファイルを取り出す。書類の中身を確認し、それを皆川に渡した。

皆川はそんな陽菜乃の姿を見てくすっと笑った。

「むっちゃ確認してますね？」

「それはもう。本当に反省しましたから」

「僕もチェックしますね」

失敗した同士、なんとなく微笑みあって、陽菜乃は「お願いしますね」と笑顔を向ける。

「お任せください」

そう言って皆川は書類を手にして、自分のデスクへと戻っていった。

デスクに戻ってから陽菜乃の書類をもう一度中身を見て確認し、うんうんと頷《うなず》いている。

(よかった。確認してくれている)

客先、上司に迷惑をかけないためにもチェックは本当に大事なのだ。

このところ仕事はとても順調だった。

今日も陽菜乃はきっちりと定時で仕事を終わらせて席を立つ。

「失礼します」

早く帰って、コンテスト用の小説の続きをしなくてはいけない。最近は家と会社を往復し、遅くまできっちり改稿作業をする、というのが陽菜乃の生活になっていた。

初めての作業につい夢中になってしまっていた陽菜乃は気づいていなかったのだ。相当に無理をしていたことに。

数日後、陽菜乃は会社で席を立ったとき、ふわりとした感覚を覚えた。

そしてプリンターまで行って目の前が白くなり、あ、まずいと思った。

足元から崩れ落ちたとき、どこかから「小島さん！」という声が聞こえた。

立ちくらみのような感じ。そういえばずっと寝不足だったと初めてその時に気づいた。

「大丈夫ですか？」

皆川が心配そうに陽菜乃の顔を覗き込んでいる。まさか寝不足のせいとも言えない。

「大丈夫、大丈夫だから」

ふと森野の席に目をやってしまったのは無意識だ。いなくてよかったと一瞬思った。心配させなくて済む。その時、ふわりと皆川に横抱きにされる。

「皆川さん!? 大丈夫です！　軽いめまいです。下ろしてください。重いので！」

「ダメです。倒れたんですよ？　静かにして」

いつにない強い口調に、陽菜乃は逆らえなかった。

皆川はきりっと課長に向かって「救護室まで運んでいきます」と言う。課長もその迫力に押され「頼むな」と返事をしただけだった。

皆川に運ばれながら、陽菜乃は心から謝る。

「ごめんなさい」

「こちらこそ、強引にしてすみません。心配だったので」

救護室まで運んでもらい、医師に微妙な顔をされつつ診察を受ける。

「貧血かな？」

「軽いめまいなんですけど、寝不足だと思います」

「心配事？」

「いえ！　全然！　だから大丈夫です」

「無理せずに、今日は帰りなさい。上司にはこちらから連絡しておく。睡眠は大事だからね」

本当にそれは間違いない。

「はい」

素直にそう返事をして、陽菜乃は今日は帰ることにした。

◇◇◇

森野が昼休憩から戻るときのことだ。

「小島さん？」

そんなワードが耳に入って、森野はついリフレッシュルームの外で足を止めてしまう。同じ営業部の社員の声だった気がした。

「うん。彼氏とかいるのかな……」

そう聞いているのは皆川だ。

「うーん。どうだろう。結構地味だし、そういうのとは縁がなさそうだけどなあ。仕事終わってからダッシュで帰るけど、あれはどうなんだろうな？」

「確かにダッシュで帰るよな。飲み会とかにも来ないし。家族か、ペットか……」

「でなきゃ彼氏だろ。しかし意外だな皆川、あの地味子ちゃんが趣味なんだ？」

からかうように同僚が言うのに、皆川は真面目に言葉を返す。

「地味に見えるのは、いつも黙々と仕事しているからだろ。チャラチャラしてるのよりよっぽどいいと思う。それにもし顔のことと言っているなら、小島さんってよく見たら結構可愛いけど」

営業部の女子社員は華やかな女性が多い。確かにその中でも陽菜乃は地味な方だ。けれど、皆川が言うように造りは悪くない。地味な雰囲気だから地味に見えるだけだ。あれできちんと化粧をして華やかな服を着たら、さぞかし目立つだろうということは森野が保証する。

実践してほしいとは思っていない。陽菜乃の良さは自分だけが知っていればいいと思うから。

それでもこんなふうに他の男に気づかれて、思いを寄せられることだってあるわけだ。

さっきも目が合ったら俯《うつむ》かれてしまった。

俺以外には誰も知らない。業務中は静かに黙々と仕事をしているけれど、笑顔が可愛いこととか、ありえないくらい斜め上の発言をして面白がらせてくれることとか、恥ずかしがる時の風情や、可愛らしい笑い声や、蕩《とろ》けたときの表情も。気づかなくていい。自分だけが知っていればいい。

自分がこんなに独占欲が強いなんて思わなかった。

夜、自宅に戻り、食事の支度をしていると、兄の真崎が来た。

「英！　何か作ってる！」

今日は休みの日にまとめて作っておいた冷凍のハンバーグを煮込みハンバーグにアレンジして食べようとしていたところだ。兄はパワフルでいつも元気で、そういうところが自分とは違って尊敬する。

「うわー、むっちゃうまそうじゃん」

「食べます？」

「もらう！　もらう！」

キッチンに立った森野の横に立ち、シンクで真崎は手を洗う。

「陽菜乃ちゃんと一緒じゃないのか？」

「なんか、真っすぐ帰りましたね。小説かな」

「ふうん……」

真崎は背後にあるキャビネットから自分用の皿を取り出して、カウンターに置く。なんだか含みのありそうな雰囲気に、つい真崎に声をかけてしまう。

「何か言いたいことがありそうですね」

「うん。お前、大丈夫？」

どういうことなのだろうか？

「陽菜乃ちゃんは小説を書くことをとても大事にしているように思う。真剣に書いているんじゃないかな」

「そうでしょうね。そもそも、それを書きたいがためにセックスを教えてくれなんて話になったわけですから」

「忙しいから会えないとか、お前が最優先にはならないこともあるかもしれないぞ」

できあがった真崎の分の煮込みハンバーグを皿に盛る。その間も森野は陽菜乃について考えていた。確かに陽菜乃は大事にしていることがある。けれど、それを奪おうとは思わない。陽菜乃が自分の趣味を大事にしていることも含めて陽菜乃なのだ。そのすべてが愛おしい。いつも一生懸命なその姿こそが森野が好きな姿なのだ。

「構いません。なんでだろう？　陽菜乃には好きなことをしてあのままの陽菜乃でいてほしいからかな」

振り返って改めて考えてみても、陽菜乃を好きだと思う気持ちに変わりはなかった。

「そうか、そこまでの覚悟があるならいいんだが……。無理になったならいつでも言ってくれ！　彼女なら僕も付き合いたい！」

急にけろっと明るくそんなことを言うので「はあ？」と思わず低い声の出てしまう森野だ。

「以前にＢＬ好きな子と付き合ったことがあるんだが、基本的に慣れているんだ、エロってものに。想像することにも慣れていて自分の世界に没頭しやすいから、一度感じ始めるとむちゃくちゃヤバくていい」

「なんの話をしています？」

「え？　だからセックス」

「陽菜乃の良いところはそこだけではないですから」

「やっぱいいんだ！　やっぱいいんだー」

（ぶん殴りたい……）

食事を終えた真崎は、カバンから森野の部屋の合鍵を出してテーブルに置いた。

「ん？　どうしたんです？」

「僕が持っているものじゃないでしょう。陽菜乃ちゃんに渡しなよ。で、英ができることをするといい」

真崎は先ほどまでふざけていたのに、急に真面目に話し始めた。

「できることですか？」

「お前、今までもすごくモテていただろう。でも本気になることはなかったし、この部屋に彼女を連れてくることなんかなかった。本気ならば分かっていた方がいいと思うからだ」

いつもとは違う真崎の真剣な表情に動きを止めて森野は真崎を見返した。

「今まで陽菜乃ちゃんの交際が続かなかったのは、彼女自身にその気持ちがなかったからだ。彼女はそういうことがなくても生きていける人だ。本気になったら、お前もきっと変わる。今まで経験したことがないくらいの気持ちになることだってあるだろう。お前にできることを考えることを提案するよ」

真崎の発言を聞いて、森野はテーブルの上の鍵をじっと見つめた。

そういうことがなくても生きていける。それは森野がいなくても生きていけるということではないのだろうか。

今までならそれでよかった。陽菜乃が自立した女性であることを尊敬しているし、そんなところも含めて好きだ。依存させたいわけでもない。

けれど……陽菜乃に必要だと思われたい。少なくとも、必要だと思う人の中には入れてほしい。

こんなふうに思うこと自体、森野には初めてだった。真崎はそのことを心配してくれたのだろうか、と少しだけありがたく思った。


そしてその数日後のことだ。外出していた森野が会社に戻る途中、体調を崩した陽菜乃が帰宅したと社用携帯に連絡が入った。貧血を起こして倒れたという。

ひどく気持ちが乱れた。今どうなっているのか？　大丈夫か？　などと聞きたいが、しつこく聞くのも不自然だし、直接陽菜乃に連絡した方が早い。じりじりしながら森野は話を続ける。

「承知しました。業務には問題ないですか？」

『今は特に至急の業務もないので問題はありません』

「分かりました。私も少ししたら戻ります」

そう言って電話を切って、急いで陽菜乃に連絡をする。

『ふぁい……』

寝ぼけたような声だった。

「陽菜乃？　大丈夫？　早退したと聞いたけど」

『ん……英さん……』

自分を名前で呼んでくれていることに、こんなに安心することはないだろう。それにその名前を呼ぶ声を聞くだけでこんなに会いたいと思うこともない。

とても心配で、今すぐ飛んでいきたいくらいだ。陽菜乃の鼻にかかったような自分の名を呼ぶ声を聞いて、無性に会いたくなる。

「大丈夫？」

『ん……。すみません。早退してしまって』

「そんなことはいい。業務上は問題ないと聞いたよ。それより心配で」

『ご心配おかけしてすみません。ちょっと目眩というか、立ちくらみみたいなので、ふらっとしただけなんですけど』

「心配だな……」

『皆川さんが大袈裟にしちゃうから』

（ん？　皆川？）

「どうして皆川なの？」

『たまたま近くにいたんです。プリンターのところでふらっとしたんですけど、すぐ気づいて走ってきて……その……』

皆川は陽菜乃のことが気になると言っていた。きっとずっと見ていたのだ。だから、陽菜乃の異変に気づいた。

「病院には行った？」

『いえ……。あの、理由は分かっていて……。寝不足だったんです、多分』

「寝不足……寝られないの？」

電話の向こうで陽菜乃は黙り込んでしまった。

『寝られないわけではないです。その……小説をコンテストに出そうと思っていて……』

「書いてたのか」

『すみません。正確には違うけど、そうです。……あのっ！　今後こういうことはないようにしますから！』

森野は軽くため息をつく。

陽菜乃の好きなことを奪おうとは思わない。陽菜乃にとってそれが大事であることも理解はしている。陽菜乃には好きなことをしていてほしい。

けれど、体を壊すまで夢中になるとは思わなかったのだ。

「今から、家に行っていい？」

『はい……』

会社には直帰することを伝え、森野は陽菜乃の家に足を向けた。

◇◇◇

家に帰り、部屋着に着替えた陽菜乃はベッドにごろん、とする。

そういえば、昨日も一昨日もベッドで休んでいなかった。今朝などはデスクに顔を伏せたまま眠ってしまっていたのだ。顔にキーボードの跡がついていて、愉快なことになっていた。出社までに消えなかったらどうしようかと思った。

無理をしすぎたということなのだろう。書くことに夢中になりすぎて、体調管理ができていなかった。

反省しているうちに、気づいたらまぶたが下りていた。

ハッとしたのは、スマートフォンの振動に気づいたからだ。画面を見ると森野からの着信だった。慌てて通話ボタンを押す。

『大丈夫？』と電話の向こうで森野がとても心配している。久しぶりすぎて忘れていたけど、恋人がいるということは、なにかあったらこうして心配をかけてしまうんだ……と反省した陽菜乃だ。

寝不足の理由を説明する時には、それはもう口が重くなってしまったけれど、眠れないのかと心配されたら言わないわけにもいかない。

「寝られないわけではないです。その……小説をコンテストに出そうと思っていて……」

『書いてたのか』

「すみません。正確には違うけど、そうです。……あのっ！　今後こういうことはないようにしますから！」

そう言った陽菜乃の耳に、軽いため息のような音が聞こえた。

あきれてしまって、陽菜乃のことなんて嫌いになってしまったかもしれない。

自分は所詮、非モテの地味女子である。初めてをもらってくれたことと、優しく手をつないでもらったことをいい思い出にして、すがるのはやめよう。

陽菜乃はそう思った。その時だ。

『今から、家に行っていい？』

そう言われて、あまり回っていない頭で陽菜乃は返事をした。

「はい……」

返事をしたはいいものの。

（――ど、どうしよう⁉）

電話を切った陽菜乃は軽いパニックだ。

（今から家にって、心の準備が！　てか家の準備も……なんなら私の準備はー⁉　着替え！　いや、片付け？　片付け優先でしょ！）

あと何分で着くか確認しておけばよかった……。お茶とか、飲み物とかはあっただろうか？

自分のパニック具合を考えると、この前はよく森野はいきなり自分を自宅に泊めてくれたものだと思う。

（私なら無理！）

そんなことを考えているうちに時間はどんどん過ぎていく。

ピンポーン、とインターフォンが鳴った。

——終わった……

何もしていないのにぐったりだ。

「陽菜乃、大丈夫か？」

そう言いながら玄関に入ってきた森野は、いろんな袋を手から下げている。

「それ……なんです？」

「食べ物とか、甘いものとか」

（神です。神がいます）

そういえば、最近コンテスト作品の改稿に夢中になっていて、ろくなものを食べていない。

「なんで拝まれる？」

「ありがたすぎです」

「とりあえず、玄関なんだけど」

「あ、散らかってますけどどうぞ」

もう片付けは途中であきらめた。

陽菜乃の部屋は十帖ほどのリビングとダイニングと寝室が一緒の部屋である。つまり１Ｋだ。ベッドの前には小さなテーブルと小さなソファ。壁際に作業をするためのデスクと椅子がある。デスクにはパソコンがある。デスク前の椅子は長時間座ることが前提なので、それなりにお金をかけた。

けれど、この前の森野の高級マンションとは比べるべくもない。

(私の1Kにイケメンがいます)

狭いだけに距離がものすごく近い。

(違和感しかないわ……)

距離が近すぎて、なんと言うか、森野のフェロモンで窒息しそうだ。きらきらしたイケメンが小さなソファに座る姿には何とも言えないものがある。

(そんな小さなソファに座らせてごめんなさい! 英さんにはもっとゴージャスなソファがお似合いなのに)

心の中でスライディング土下座をかましつつ、現実にはテーブルを挟んでちょこん、と座る。そうして、用意していたお茶をそっと出した。

陽菜乃の部屋のソファで森野はきょろきょろしていた。

「本がすごいな」

デスクの横の本棚のことだろう。天井まで届くその本棚には、TLから文学作品から話題作から、かなり雑多に並んでいるのだ。

「エロいやつだけかと思ったら、いろいろ読むんだな」

その感心したような声に、陽菜乃は恥ずかしくなってしまった。本棚を見られることがこんなに恥ずかしいとは思わなかったのだ。

「本は本当にいろいろ読みます。読むのも大好きなので。この本棚、一部は入れ替わりますけど、それでも何度引っ越しを重ねても一緒にくるコもいます」

「なるほど。とても大事なんだな」

「ええ……」

「で、そんな陽菜乃に質問なんだけれど、どうして自分のことは大事にしないのかな？」

笑顔である。

（こ、こういうの最初に見た！）

倉庫で最初に見たときのことだ。あの時も森野は笑顔だった。笑顔ですごくいじわるされたのだ。

「あともう一つ聞きたいことがあるんだよね」

「な、なんでしょう？」

「皆川と何かあった？」

「皆川さん？」

なんでここでそんな名前が出るんだろう？

「何もないですよ。ただ、すごく心配されて救護室に連れていかれてしまっただけです」

「連れて？　まさかお手手繋いで、でもないだろう？」

「まさかぁ。抱き上げられてしまいました。重かっただろうに、今頃腕が壊れていないか心配です」

「ふぅん……」

（……あ、あれ？）

森野のようすがなにやらおかしい。

「俺はすごく心配したんだよ？」

「で、ですよねー。本当に申し訳ないというか……」

「陽菜乃の彼氏は誰だろう？」

「あ！　それ！　もしもあきれて私のこと嫌いになってしまったとしたら、私すがりませんから！」

「どういうこと？」

森野の声がどんどん低くなる。

（もしかして、すごーく怒っている？）

とっても怖い。

「陽菜乃、荷物まとめて。そうだな、そのコンテストの作品って、完成までにどれくらいかかりそうかな？」

「うーん……今のペースだと、三、四日ってところでしょうか」

「一週間分の荷物をまとめようか？　心配しなくても俺も手伝うからね、荷造り」

（え？　本当に怖いんだけど。目の奥が笑ってないんだけど）

森野に見張られながら、陽菜乃は海外に旅行するとき用の一番大きいスーツケースに荷物をいろいろ詰め込んだ。

「あとは小説に必要なのは？　パソコン？」

「ノートパソコンがあります」

「じゃあ、それも持って」

一体どうしたというんだろう。

森野はスーツケースを引いて、表通りに出るとタクシーを拾った。そして森野のマンションの住所を告げる。タクシーの中で、陽菜乃はちょいちょいと森野に呼ばれた。

「はい」

タクシーの座席で隣に座っている陽菜乃の耳元に森野の唇が寄せられる。軽く息がかかった。

どきっとして、ぎゅっと身体に力が入る。

「なに？　これだけで感じた？　本当に感じやすくて可愛いな」

「ちが……」

「ねえ、陽菜乃？　俺はね、とっても心配したんだよ。なのに嫌いになっただとか、すがらないとか言い出して。君って本当に困った子だよね？」

ひそやかに、耳元で森野が囁く。

「あの、だって……」

すがられたら、嫌ではないだろうか。

「だからね、陽菜乃のことを監禁してあげる」

「監禁」……。ぞくぞくっとした。

「でも、会社……」

「家に着いたら、リモートで有給申請あげておいて。承認するから」

そうなのだ。森野は上司でもあった。

「本気なんですか？」

「もちろんだよ？　陽菜乃は？　されたくない？　監禁？」

(されたいかされたくないかで言えば、すごくされたい！　監禁!!)

「人気あるんですよ！　監禁も……ふがっ」

口元を森野に押さえられてしまった。

タクシーの運転手がこちらをぎょっとした顔で見ている。

「小説の話だよね？」

「はい。小説です……」

危うく彼氏を事件の犯人にしてしまうところだった。通報でもされたらコトである。そういう監禁は、陽菜乃は望んでいない。

それでは面会に行かないといけなくなってしまうではないか。彼氏が監禁されることは想定していない。いや、それは監禁ではなくて勾留か……

「えっと、人気……あります」

「それはなにより」

遊ばれていただけのようで、くすっと笑った森野は陽菜乃の手をそっと握ってくれた。

やはり、この人が大好きだ。すがらないと言ったけれど、分からない。だって、つながれた手をこんなにも離したくない。

「どうしたの？」

「さっきすがらないって言ったの、嘘かもしれません。この手を離したくない……かも」

「かも？」

隣の席から、森野が陽菜乃の顔を覗き込んでいた。もちろん、いつものように麗しい。けれど、陽菜乃は胸を掴まれるような気持ちになった。

とても愛おしげな、包み込むような、そしてその中にほの見える、抵抗できないまっすぐな熱さを含んだ表情で見られていたから。

(——なんて顔で見るんだろう)

「離したくない……です」

「離さないでよ」

つないだ手をさらにきゅうっと強く握られる。先ほどまで不穏な空気で不穏な会話をしていたカップルがいちゃいちゃし始めたので、タクシー運転手もようやく安心したことだろう。

拉致られてしまって、どうなることかと思ったけれど。

森野のマンションに連れてこられた陽菜乃は、スーツケースの荷物を綺麗に整理されて、リビングの角にあった森野のデスクにパソコンをセットされた。森野のデスクの背もたれ付きの椅子は非常に快適で、首や腰に負担のかからない設計になっていた。

「ネット環境は問題なさそう？」

「あ……はい」

顔を上げると、真横で画面を一緒に見ていた森野との距離がとても近くてどきんとする。

「えっと……、今日は水曜か。明日、明後日の有給申請を上げておいて。明日会社に行ったら承認する」

「承知しました」

(ぎ、業務連絡?)

「で、改めて。作業はどれくらい残ってるって?」

「三分の一程度は終わっています」

「なるほど。残り三分の二を終わらせるのにどれくらいかかりそうかな?」

(進捗確認っ……)

完全に仕事モードの二人なのだが、陽菜乃は違和感も覚えず、いつものように、少し考えて答えていく。

「そうですね……締切は日曜日の二十四時なので、どちらにしても週末に終わらせるつもりでした。丸一日使えるなら、多めに見て二、三日ですね」

「なるほど。陽菜乃のことだから二日くらいで終わらせる目安だね?」

さすがに上司である。陽菜乃の仕事のペースと報告の仕方を完全に把握されていた。森野は腕を組んで、陽菜乃をまっすぐに見る。

「分かった。土日には恋人として帰ってきて。それまでは陽菜乃を小説に渡す。無茶したのには何か理由があるの？」

「実は私、コンテストは初挑戦なんです。正直、今までは応募することなんて考えていませんでした。けど、英さんが……」

「俺……？」

顔を赤らめて、こくっと陽菜乃は頷《うなず》く。

「教えてくださったから」

「え……それってセッ……」

「違いますよ」

高速の突っ込みだ。

「できないことはないってことをです」

森野が少し目を見開いてこちらを見た。

「そうしたら、挑戦したくなったんです。幸い美佳ちゃんはクリエイターでもあるので、彼女もたくさんアドバイスをくれて。それで、夢中になりすぎてしまいました。でも、英さんに心配かけてしまったのはとても反省しています。ごめんなさい」

森野が、ぎゅうっと陽菜乃を抱き締めた。

「許さない」

「ふえっ⁉」

（いや、そこは許すシーンでしょっ⁉）

「なあ、日付が変わるまで陽菜乃をちょうだい。そうしたら、許してもいい」

「許しても……？」

「そうだなー、許さないかもしれないし、許すかもしれない」

耳元に響くのはとても楽しそうな声だ。

「ドSですか？」

「好きだろう？」

（くっ……返す言葉はありません）

「す……好きですけどぉ？」

「あー、もう可愛いなぁ。本当に監禁したくなってきた」

「それっ、私が喜ぶだけですよ？」

「喜ぶの？」

「え……ちょっとだけ」

森野はいつものようにくすくす笑っている。

「本当に陽菜乃ってば斜め上なんだよな」

それは時々、美佳にも言われる。陽菜乃はことさら意識したことはないのだが、どうやら発想が斜め上らしい。

（そうかなぁ？）

本人は至って真面目だ。

「監禁されてもいいとか、喜ぶとか、俺もSっぽい自覚はあるけど、陽菜乃はMだよね」

「そうでしょうか……」

「そうだよ」

「やっぱり変ですか？」

発想は斜め上だし、監禁すると言われて喜ぶとかいうのは確かにやはりおかしい気がしてきた。

「私、ダメですよね」

「いいや？　陽菜乃、そういうのは相性がいいって言う」

にこりと笑った森野に、ひょいっと抱えあげられて寝室に連れていかれてしまった。

そっとベッドに置かれて、森野が陽菜乃の横に手をつく。

(——きゅんきゅんするぅぅー)

「俺ね、自分がこんなにヤキモチ焼きだと思わなかったんだよね。俺がいなかったから仕方なかったとは言え、皆川に抱き上げられて俺に嫉妬させる陽菜乃はお仕置きだな」

「お仕置き？」

ヤキモチとか、嫉妬とか聞こえた気がするけれど、陽菜乃は最後の「お仕置き」にすべてを持っていかれてしまっていた。

(聞いたことはあるけど、されたことはありません！)

それが普通である。

「彼氏が理想すぎて、できすぎて困っちゃいます……」

「こんな俺から離れられないよね？」

とても近くでにこりと微笑まれてしまうと、本当に逆らう気をなくす。もちろん初めから逆らう気なんてないのだが。

「ねえ？　陽菜乃、これからすることを選ばせてあげる。もちろんこれから陽菜乃はされちゃうんだけど、頭おかしくなるくらいに焦らされたい？　それとも今すぐ乱暴に挿れてあげようか？」

（それは究極の選択だわ……）

◇◇◇

真剣な顔になった陽菜乃を見て、森野は脱力しそうになりながらも、とても可愛くて仕方ない。自分がこれからされてしまうことについて真剣に考えているのだ。

こんな子はいないだろう。あんなことを言ったら、怒るのが普通だ。

だからこそ得難い。ずっと自分だけを見て自分だけに夢中になればいいのに、という考えも頭をよぎってしまう。そうはならないことは分かっているのに。

さっき、『できないことはないってことをです』と答えた陽菜乃に、森野は猛烈な愛おしさを感じていた。陽菜乃が自身で考えて、森野の行動の中から掴み取ったものだ。その前向きさが眩しかった。陽菜乃のそういうところが好きで、そういうところが森野を変えてくれている、ということに陽菜乃はきっと気づいていない。

「あの……」

少しだけ頬を染めているのが、なんとも言えず無垢だ。まさかこれから自分にされるプレイの内容について話をするようにはとても見えない。そんなギャップも堪らないのだ。

「ん？　決めた？」

「はい。いつも英さんはとっても優しいから、どんなふうでもいいです」

こちらの思い通りになんてならないくせに従順。森野の胸がぎゅっと痛みをともなって高まった。

「じゃあ、頭おかしくなるくらい焦らすのは、コンテストが終わってからのご褒美にしよう。今日は着衣のまま挿れてあげる」

陽菜乃の瞳がきらめいた。この表情がとても好きで、森野は誰にも見せたくないのだ。

◇　◇　◇

（――着衣プレイだー！）

もちろんゆっくりじっくりするのもよいのだけれど、ちょっと余裕なさげな着衣プレイにも陽菜乃は興味があった。

「そうそう、お仕置きと言えばこれだよね」

森野がサイドテーブルの引き出しから取り出したのは、ふわふわのファーがついた手錠だった。

「可愛い！」

「これを陽菜乃がしている方が可愛いと思うな」

森野は陽菜乃の手首にそっとキスをして、じっと見つめながら手錠をつける。

カチカチ、と手錠が閉まっていくその音に、陽菜乃の鼓動も高まっていく。

自分の目を見つめる森野からは融けそうに熱い熱情を感じるし、捕らえられていく手錠の閉まる音は陽菜乃の心を強引に捕らえようとしているようにも感じる。逃がさないとでも言いたげだ。

手錠をされるなんてひどいことのような気がするのに、ありえないくらいに自分が高まっているのを感じた。ひどいと思えないのは、二人の視線が絡まって、お互いが愛おしいと思う気持ちが溢れそうだからだ。

「陽菜乃の顔が上気して目が潤んでる」

「ドキドキします……」

カチッと手錠が閉まりきって、森野が陽菜乃を見る。

「痛くない？」

こくっと陽菜乃は頷《うなず》いた。手錠のついた手を頭の上で押さえられる。森野はその間も手をぎゅっと繋いだままだった。陽菜乃の目の前には、恋人のとんでもなく整った顔。

（私のことを上気していると言ったけれど、英さんだって上気しているのに）

欲情に潤んだ森野の瞳は、普段の整った造作にさらに磨きがかかって、眩しいくらいだ。

「ねえ？　陽菜乃、何されているか分かっている？」

「え？」

（え……っと、手錠？　で、なんでこうなったかって？　そうだ、お仕置きだった）

——ところで、どうしてお仕置きされているんだっけ？

「おしお……き？」

軽く首を傾げて聞いたら、顔を赤くした森野がぐっと言葉に詰まった。

「そう。お仕置きだよ？　なのにどうしてそんなに蕩《とろ》けそうで可愛い顔で俺のこと見るのかな」

「だって、英さんがとても綺麗なんだもの。見惚れちゃうし……。どうしてかな？　英さんがするのなら怖くなくて、ただドキドキするだけなの」

「皆川に嫉妬した俺はなんなんだろうね」

「英さんが嫉妬……？」

目の前のこの人が、具合が悪くなって陽菜乃が抱き上げられたという話を聞いて嫉妬してくれたということだ。

陽菜乃は胸がキュンとした。森野にそんな独占欲があるなんて、思わなかったから。

「嫉妬するよ。だって恋人なんだ。本気で付き合いたいって思ったのも陽菜乃だけだし、欲しいって思ったのも、誰にも渡したくないって思うのも、俺だけのものにしたいって思うのも、陽菜乃だけなんだ」

熱く耳元で祈るように、強い意志を感じる声で囁かれて溶けそうだった。

「英さ……」

名前を呼ぶ声はキスで吸い取られてしまった。

「お仕置きだよ。もう黙って。陽菜乃の感じてる甘い声聞かせてよ」

余裕なさげ、なんてものではない。

手錠をされて、甘く見つめ合って、奪われるようなキスに嵐のように翻弄される。

深く何度も追いかけるように絡められて、息が続かなくても許してくれなくて、こんなにも求められるということに陽菜乃はくらくらした。

「あ……英さん、もっと……」

唇から緩《ゆる》く糸を引いて森野が離れる。その情欲に塗れた表情はとても甘美だ。

「本当に陽菜乃はキスが好きだな」

「ダメ？」

「いいや。可愛いよ」

陽菜乃にねだられるままに森野はまた唇を重ねた。その甘さに陽菜乃が酔いそうになった時だ。

ショートパンツをずらされて、熱い楔《くさび》がぐっと押し込まれたのが分かる。

「ん……んんっ！」

思わず陽菜乃が目を開くと、森野は小さく微笑んだ。めりめりと音を立てそうなくらい強引に割り開かれて入ってくる。

「痛くないか？」

陽菜乃は必死で首を横に振った。痛いかと聞かれたら痛いような気もする。けれど、その存在感が嬉しかったりもした。

それに、痛いような気がしたのは最初だけだ。入れる時こそ強引だったけれど、森野はずっと手を繋いでくれていた。

中に入れてからも、いきなり突き上げるようなことはしないで、陽菜乃が馴染むまで待ってくれていた。

「手錠されて、着衣のまま入れられてる陽菜乃って、エロくてすごくいい」

そんなことを言われたら興奮してしまう。

だんだん陽菜乃は腰の辺りがむずむずとしてくる。動いて……動いてほしい。

「ね、英さん……」

「ん？　どうしたの？」

「動かない、の？」

「動いてほしい？　そうだな、陽菜乃の腰がちょっと揺れててすごくいいよ」

「中が英さんのカタチになっちゃいそう」

「俺のカタチになって。俺だけに馴染んでよ」

ゆっくり抜き差しされて、下肢から甘い水音が聞こえる。くちゅ……というそのぬかるんだような音は、ひどく淫らに陽菜乃の耳に届いた。

（まだそんなに触れられてもいないのに……！）

森野の口元が引き上がる。

聞かれた。それに、中にいる森野には分かったはずだ。大した愛撫もされていないのに、強引にされてこんな音をさせるなんて、淫らだって思われちゃう。そう思うと陽菜乃は泣きそうだ。

陽菜乃は顔を横に向けた。

「陽菜乃？」

「恥ずかしいです……。だって触れられてもいないのに……」

「ぐちゃぐちゃに濡れてるから？」

穴があったら入りたいくらいだ。なくても掘って入りたい。

「俺の恋人が俺に馴染んで何が悪いの？」

「だって、淫らだって思われそうだし……」

あのエロい小説を書いているのに？　と森野に言われてしまいそうだけど。今は書き手ではなくて、森野という恋人の前にいる陽菜乃だ。

でも、口では恥ずかしいとか言っていても、身体はどうしようもなく感じてしまっている。

「動いて？　ってねだったくせに。可愛いな。淫らになって見せてよ。もっと、もっと俺のことねだってくれたら、すごく嬉しいんだけど」

そう言って森野が緩《ゆる》く動くと、気持ちのいいところに引っかかる感覚があって、思わずはしたない声が上がってしまう。

「ふぁ……あんっ、そ、そこダメ……」

「ダメじゃなくて、いいんでしょ？　俺は、すっごくいい」

まだそんなに経験はないはずなのに、森野を求めて腰が淫らな動きをするのを陽菜乃には止めることができなかった。なのにそれがいい、なんて言われたらきゅんとしてしまう。

「強引に挿れられちゃってるのに、感じてる陽菜乃、むちゃくちゃ可愛いよ。今度はすごく焦らすから、欲しいって陽菜乃の口から聞きたい」

求められて、もっとと言われることがこんなに嬉しくて幸せなことだなんて、陽菜乃は思っていなかった。

するりとパーカーの隙間から森野の手が入って、陽菜乃の肌に触れる。直接触れられて、腰の辺りがぞくぞくっとした。

「っ……」

森野の眉根が寄る。

「英さん？」

「陽菜乃が感じると中がきゅっとするから分かる」

陽菜乃はどきん、とした。

（――それって、それって、気持ちが全部バレちゃうってこと？）

「焦らされて、欲しいって言わされちゃうとこ、想像した？」

ちょっと意地悪そうな表情すら、森野は可愛くて魅力的だ。

「し……た」

「たまんない。可愛い、陽菜乃」

眉間にシワが寄っていても、汗をかく姿すら……いやむしろしたたる汗がかなり色っぽいのだが、そんな余裕なさげな姿すらも素敵な人に可愛いと言われるのは正直、きゅんとくる。

ぎゅうっとしたい。

けど、今陽菜乃の手は頭の上で、森野が軽く押さえている。陽菜乃は身動《みじろ》ぎした。

「ん？　どうしたの？」

「手、離して？」

「大丈夫？　痛い？」

少し慌てた様子の森野に、陽菜乃はふわりと笑った。

「ううん。ぎゅうっとしたいの」

その陽菜乃の答えを聞いて、目元を緩《ゆる》めた森野は手をそっと外す。

陽菜乃は手錠がかけられたままの手を森野の首の後ろに回した。ぎゅっと引き寄せる。

森野も陽菜乃を両腕で抱きしめてくれた。抱き合う距離感が心地よくて、安心する。

「もっと、して？」

「もちろん。激しく動くから足を俺の身体に巻きつけて」

中を擦る熱も、激しく叩きつけられる動きも、全部全部愛おしいと陽菜乃は思った。


「陽菜乃、手首見せて」

あのガラス張りのおしゃれなバスルームで、有無を言わさず一緒にお風呂に入れられてしまった陽菜乃だ。ローズ系のいい香りのする入浴剤を入れてくれて、森野は今、後ろから陽菜乃を抱きしめて、手首を持ち上げて確認したところである。

「跡はついていないね」

「大丈夫」

手錠をされてはいたけれど、別に無理なことは何ひとつされなかった。

「真っ白でふわふわで、こんなに綺麗な陽菜乃の身体に傷はつけたくないからね」

傷はないけれど、キスマークがいっぱい付いているのは気のせいではないはずだ。陽菜乃は胸元に赤く点在する痕をじっと見つめた。目線を辿って、森野はその痕を指でそっとなぞった。

「これはマーキング。ごめんね、独占欲強くて」

「英さんはそういうの淡白な人かなって思ってました」

「俺もだよ。陽菜乃に会うまでは淡白だと思ってた。俺のそういうところが人を傷つけちゃうこともあったしね。でも陽菜乃にだけは違う。この痕を見ても、ちょっとごめんねって思うけど、陽菜乃は俺のだって実感して嬉しくなるだけだな」

背後から聞こえる柔らかい声。陽菜乃は森野がどんな顔をしているのか気になって、ことんとその胸にもたれて森野を見上げる。森野はとても優しくて、包み込むような表情をしていた。

陽菜乃は、ここに連れて来られてからずっと気になっていたことを尋ねた。

「どうして連れて来たの？」

「心配だったから。あと、サポートしたいから。陽菜乃にとって大事なものなんだろう？　小説。夢を叶える陽菜乃が見たいよ」

美佳だってもちろん応援はしてくれているけれど、自分にとって大事な人がこれほど応援してくれるとは思わなかった。陽菜乃は胸が熱くなる。

「ありがとう、英さん。私、頑張るね」

「うん。応援してる。さて、陽菜乃、俺のサポートはこんなもんじゃないから」

ざっとお風呂から上がった森野は腰にタオルを巻いて、陽菜乃に向かって手を差し出した。

「え？」


「そ……そこっ……」

「気持ちいいの？」

気持ちよすぎて、思わず声が漏れてしまう陽菜乃だ。

「最高ですっ！　気持ちよすぎー」

バスタブのところにタオルを置いて、自分も腰にタオルを巻いて準備した森野は、手のひらでシャンプーをしっかりと泡立てて陽菜乃の髪を洗い出したのだ。陽菜乃の頭なんて包み込んでしまいそうなほどの大きな手で洗ってもらうと、とても気持ちがいい。

「男の人の大きな手で洗ってもらうとすっごく気持ちいいんですねぇ」

「女の子の髪って洗うの大変なんだな」

「初めてですか？」

「当然だよ。こんなことしてあげたいなんて思ったことない。大丈夫？　痛かったりしない？」

「しなーい。むちゃくちゃ気持ちいいですよー」

とっても気持ちがいいし、彼氏は優しいし、陽菜乃はご機嫌だ。

森野はシャンプーを洗い流してトリートメントまでしてくれて、タオルを使ってくるりと陽菜乃の髪を巻いてくれた。

お風呂から上がった後も、髪を乾かしてくれて、ダイニングにさっき買ってきた食事を用意してくれる。

食べ終わったら、リビングの一角の先ほどセットしたパソコンの前に連れてこられた。

「俺はそこで仕事しているから、何かあれば何でも言って」

そう言ってリビングのソファの前に森野は自分のパソコンを置いて、仕事の続きを始める。

（――えーと……監禁？　これって監禁なの？）

むしろ至れり尽くせり、上げ膳据え膳と言うのではないだろうか？　首を傾げながら陽菜乃はパソコンに向かった。

最初こそ背後のリビングにいる森野のことが気になってしまったりしたけれど、集中してくれば周りは見えなくなっていく。

先日、美佳に指摘されたところと、自分も気になるところをどんどん直していった。見直して書き直す作業が中心となる改稿は陽菜乃にとって初めてのことだ。

書いているときも、もちろん何度も書き直して、その時の最上だと思われるものをサイトには上げているはずだった。けれど、こうして見直してみると気になることはたくさんあるし、美佳に指摘された部分もその通りだと思う。最初のころのシーンなんかは、確かにレビューにもあった通り臨場感が全くないし、リアリティもない。ひどく薄っぺらく感じた。大幅に削除して、書き直す。

小説の世界に没頭して、聞こえるのはキーボードの音だけだった。

気づいたら、部屋の電気は間接照明になっていて、デスク周りの電気だけがついていた。

リビングテーブルの上にメモとおにぎりが置いてある。

『集中しているようだったから、声はかけなかった。先に休むね。休憩もとること』

陽菜乃はふ……っと微笑む。気づいたら時計は午前の二時だ。

目も疲れたし、ずっとパソコンに向かっているせいで身体も固まってしまっている。大きく伸びをしたあと、陽菜乃は軽くストレッチした。数時間ではあったけれど、ここ最近で一番集中できた気がする。

監禁、なんていったけれど、森野は本当に陽菜乃のことを心配してくれて、面倒をみてくれているんだろう。

陽菜乃はリビングに向かって歩く。テーブルの上のおにぎりは手作りのものだ。

ソファに座っておにぎりを食べた。誰かに握ってもらったおにぎりがこんなに美味しいものだと改めて気づかされた。

「美味し……」

ここまで森野にしてもらって、自分ができることは何だろうか？

まずは小説を完成させることだ。陽菜乃はもうひと頑張りしようとデスクに向かった。

目が覚めたら、陽菜乃はベッドで寝ていた。多分デスクで眠ってしまった陽菜乃を、森野がベッドに運んでくれたのだと思う。

当然、森野は出勤したあとで、冷蔵庫に温めれば食べられるものが入っているというメモが置いてあった。メールも来ていて、会社から有給申請の承認がされていた。

ここまでしてくれているのだ。どうしたって、今日一日しっかり集中して、明日中には仕上げる。できれば結果も出したい。森野に至れり尽くせりされながら、陽菜乃は何とか金曜日の夜には原稿を提出することができたのだった。

第六章

ふと目が覚めたら、目の前にはとても綺麗な森野の顔がある。最近は森野が仕事に行ってから起き出すことが多かったので、隣で眠っている森野の顔を見たのは、最初の日以来だ。

柔らかそうな茶色の髪。男性なのにきめ細かくて綺麗な肌はもともと色素が薄いのか、思っていたよりも白い。目を閉じていても顔立ちが整っていることがよく分かる。

（本当に綺麗な人……）

安らかに眠っているのを見るのはとても幸せだ。

「英さん、大好き」

そう言って、陽菜乃は眠っている英の頬にそっとキスをする。

（――きゃー！　やっちゃったぁ！）

英はたくさんキスしてくれるし、陽菜乃もしてほしくてねだってしまうのだけれど、自分からすることはあまりない。内緒でしたキスにしてやったりと、うふふっと笑ってしまう。

「陽菜乃、もっと」

「きゃー！」

森野がにやっと笑って目を開けるので、陽菜乃は悲鳴をあげる。

一瞬で沸騰しそうに顔が赤くなった自覚があった。

「叫ばなくても……」

「だ、だって、だって……」

「大好きな彼女が、眠っている間にそんなことしてくれるの可愛くて仕方ない。もっとしてよ」

この顔で幸せそうにおねだりされたら、もう叶えるしかない。多分、すごく真っ赤になってしまっている。さらりと落ちてくる髪を手で押さえて、陽菜乃はちゅ、と軽く森野の唇にキスをした。

「陽菜乃、小説終わった？」

そんな陽菜乃に、森野は柔らかい笑顔を向ける。

「終わりました」

「もう、俺の？」

ずっとそうだったけれど、きっと森野が言っている意味は違う。独占したいと言ってくれているのだ。

「英さんの……です」

「じゃあ、今日明日は独占しよう」

ふわりと抱きしめてくれた森野は、胸の中に陽菜乃を閉じ込めて、頭に顔をうずめてとても幸せそうだ。

そうして陽菜乃の身体をぎゅうっと抱きしめる。その手がだんだんと不埒な感じで陽菜乃のお尻の方に移っていった。

（――ん？）

「あ……」

その手が途中で止まる。

「どうしたの？」

「いや……そういえば、スキンがもうなかったかも。陽菜乃が買ってきてくれたやつ。可愛かったなあ。いっぱい種類があるんです！　とか言って」

「だって、本当なんだもの。人生が変わる〇・〇二ミリなのよ⁉　すごくない？」

「で、どうだった？」

そう聞かれて、改めて陽菜乃は考えてみた。

「人生……変わったかも。あのキャッチコピーは嘘ではなかったわ」

「でも、その商品じゃないでしょ」

「違うけど、私は人生変わったなぁ」

森野が肩を揺らしている。笑っていた。

「絶対そういう意味じゃないから。でも、俺はそんな陽菜乃が好きだな」

「あ！　私も思い出したわ！」

「なぁに？」

「専門店があると言っていたでしょう」

そうなのだ。種類がたくさんあったと森野に報告した時に、専門店があると教えてもらった。

「行きたいの？」

「行きたい！」

「まあ、それがないと陽菜乃とイチャイチャもできないしな。じゃあ、今日はデートか」

（デート？　コンドームの専門店で？　そんなんでいいのかしら？）

一緒にお出かけできれば、それはどこでも楽しいのだろうけれど。笑顔のまま陽菜乃は首を傾げた。


（――デ、デートだったわ……）

森野が教えてくれたお店があるのは、オシャレスポットとしても有名な、最先端のファッションやグルメひしめく駅付近だったのだ。さすがに部屋着のジャージではないけれど、普通の服で来てしまって、陽菜乃は萎縮しまくりだ。

「こういうところにあったのね」

「ん？　うん」

さすがに森野は慣れているのか、けろりとしている。陽菜乃は普段は半分というか八割くらいは引きこもりの生活なのだ。通りを行き交うオシャレな若者に交じって、セレブっぽいマダムや華やかな女性が通りを闊歩している。

（リア充まぶしいっ！）

そうして歩いていて、ふと気づく。周りの視線だ。老若問わず女性がつい、という感じでちらりと森野の方を見ていた。

(――ですよねーっ)

「……なんで、距離を空けるの?」

「だって……」

目線が気になるのだ。うわー、すっごい綺麗な人! という眩しいものを見るように森野にいった目線が、陽菜乃の方を向いて、すんっとなる気がして、それがちょっぴり辛い。

「ご、ごめんなさい。なんか、英さんとデートするなら、ちゃんとした服とか買っておけばよかった」

「俺は気にならないんだけど、陽菜乃が気になるなら、服とか……見に行く?」

この場所だと……と森野がスマートフォンで何やらチェックしてくれている。そんな姿がお店のショーウィンドウに映っていて、すらりとして綺麗な森野の姿に比べて冴えない自分の姿に陽菜乃は泣きそうになってしまった。

(どうしてこの人の横に並べるなんて思ったんだろう? そんなの無理なのに)

「私、帰ります」

「陽菜乃!」

(恥ずかしい! どうしてあんなにキラキラした人とお付き合いできるなんて思っていたんだろう!?)

「陽菜乃、携帯むっちゃ鳴ってる」

「知ってる」

あの後、陽菜乃は美佳に電話をして、今は美佳のマンションにいた。

先ほどから鳴り続けているのは森野からの電話だということは分かっている。それでも陽菜乃は電話を取ることはできなかった。

「後になればなるほど出づらくなるわよ」

「もうすでに出づらいのよ！」

「まあ……そうでしょうね」

陽菜乃は美佳のマンションのリビングで膝を抱えていた。

「コンテスト、出したの。英さんはすごく協力してくれた。夜食を作ってくれたり、お風呂も入れてくれたり、髪とか洗ってくれたりしたし……」

「なにそれ……」

「なのに、ふとガラスに映った自分を見たら、ふさわしくないの。あの素敵な人に私は似合わない……っ」

「本気で言ってる？」

「本気だよ」

「ふさわしいとかふさわしくないって、陽菜乃が決めたの？　それは何を見て言ってるの？　陽菜乃はすごく魅力的だよ。私は陽菜乃のことが大好き。そんなふうに言わないでよ」

「でも……」

「彼は陽菜乃のことが本当に好きなのよ。だって、陽菜乃、今までの彼氏に自分の趣味のこと話した？　話したことないよね？　セックスできた？　できなかったよね」

「でもっ……」

「何があったの？　正直に言ってみて？　力になるから」

「コンドームを買いに行こうとしたの」

突然の陽菜乃の発言に美佳は固まっていた。けれど、話はここから始まるので、そう切り出すしかない。

「専門店があるっていうから」

「ああ……」

美佳は知っているようで軽く頷《うなず》いた。それならば、きっとあのお店がどんな街にあるのかも知っているはずだ。何やら微笑みながら、それで？　と促された。

「ショーウィンドウにね、英さんと私が映って、なんていうか恥ずかしかった」

美佳がふ……っと微笑む気配がした。

陽菜乃は今まで、どんな人とお付き合いをしてもそんなことは気にならなかった。別に相手がどんな格好だろうと、自分がどんな格好だろうと気にしたことはなかったのだ。

それなのに、今日はそんな自分は嫌だと強く感じた。

「森野さんにふさわしい自分になりたいって思ったのね？」

その通りだ。こんな素敵な人にふさわしい自分になりたいと思った。美佳に優しく確認されて、こくん、と陽菜乃は頷《うなず》く。

テーブルの上のスマートフォンがまた鳴りだした。美佳がちらっとそれを見る。画面には森野と表示されていた。

「ねえ、一旦私が出てもいい？」

陽菜乃は頷《うなず》いた。陽菜乃のスマートフォンを手にした美佳が通話ボタンを押す。

「しつこい男は嫌われるわよ」

きっぱりとした第一声に、陽菜乃の方がビクンとする。

(み……美佳ちゃん、こわいよー)

「はい。ああ、そう木下です。うん、陽菜乃はここにいますよ」

美佳は席を立って、部屋を出て行った。陽菜乃は低く聞こえる美佳の声を聞いていた。話している内容は聞こえなかったけれど、美佳がずっと何か言っていたのは分かる。

膝を抱えて、ちょっとだけ泣きそうだった。

何をしているんだろうと思う。森野の気持ちを疑ったわけではない。なんでもない皆川とのことさえ嫉妬してくれた森野だ。

ただ、自分が森野の隣に堂々と立つことができないだけ。それが申し訳なくて、どうしたらいいのか分からなくなってしまった。

ふう……とため息をついた美佳が部屋の中に戻ってくる。陽菜乃にスマートフォンを渡して、緩《ゆる》く笑った。

「今から迎えに来るって。それでいいわね？」

それに陽菜乃はこくりと頷《うなず》いた。悪いのは自分なのだ。

「きっちり言っておいたから。デートするなら女の子には準備が必要って」

陽菜乃は目からうろこが落ちたような気持ちになった。

(そういうことだったんだ)

綺麗な姿で、森野の横に立ちたいというのは自然なことだったのだ。

「美佳ちゃん」

「ん？」

「ごめんね。大好き」

素直に言った陽菜乃の頭を美佳は撫でる。

「私も大好きだよ。謝らないで。頼ってくれたことが嬉しいから」

「なにかあったら、私のことも頼ってね」

「うん」

◇　◇　◇

家を出る前までは、陽菜乃は眠っている森野にキスをしてくれたり、買い物に行きたいと言ったりご機嫌だったのだ。

それが、車を停めて、歩き出したら急に様子がおかしくなった。

森野と距離を空けようとしたり、何か気になるようで、何度もショーウィンドウを見たりしている。いつもなら好奇心でキラキラとした目をしている陽菜乃なのに、顔色も悪かった。

疲れているところを連れ出してしまったのが悪かっただろうか。そんなふうに思っていた。

突然、陽菜乃が「ごめんなさい。ちゃんとした服とか買っておけばよかった」などと言いだした。

本当に森野はそんなことは気にはならなかったのだ。それよりも、陽菜乃と一緒にお出かけできるということが嬉しかった。

ならば、服を買いに行くかと聞いたら、「帰ります」と走って逃げだされてしまったのだ。陽菜乃に置いて行かれたのはこれで二度目だ。

地下鉄の入口辺りで陽菜乃を見失って、何度も電話をかけた。出てくれない陽菜乃に嫌われてしまったんだろうかと焦って、いけないと分かっていながらも、何度も何度もかけなおしてしまった。

嬉しそうに見えたけれど、監禁だと言って家に連れ込んだことが、本当は陽菜乃は嫌だったのかもしれない。いろいろなことを後悔した。そうしてやっと通話が繋がったのだ。

『しつこい男は嫌われるわよ』

声が陽菜乃ではない。友人の木下美佳だとすぐに分かった。おそらく陽菜乃は美佳の元にいるんだと分かって安心する。

「よかった……木下さんですね。陽菜乃はあなたのところにいるんだ……」

『はい。ああ、そう木下です。うん、陽菜乃はここにいますよ』

それから美佳がごそごそと動いている気配がした。部屋に陽菜乃がいるから、聞かれないように移動したのかもしれない。

『いきなり外に連れ出したんですって？』

「はい。でも、陽菜乃も行きたいと言ってくれたから」

『で、準備はさせてあげたの？』

「準備……はしていたと……。俺、嫌われてしまったんでしょうか……」

陽菜乃が電話にすら出てくれないショックで森野は頭が回らない。森野にとって、こんな気持ちになるのは本当に初めてなのだ。はーっと深いため息が電話の向こうから聞こえてきた。

『あなた、とてもモテるでしょう。だから陽菜乃の気持ちが分からない。陽菜乃は恋愛経験がほとんどないのよ？　だから浮かれてあなたと一緒に出かけた。けどショーウィンドウを見て恥ずかしかったんですって』

恥ずかしい、とはどういうことだろうか？

『あなたに自分はふさわしくないって思ったんだそうよ』

「そんな……」

『気づいているでしょう。陽菜乃、割と今まで自分の姿にも構わなかったのよ』

「そんなの、俺は気にしないのに」

『陽菜乃が気にするのよ。少し大人になったのね。綺麗な姿であなたの横に立ちたいのよ。それって成長だわ』

電話の向こうで、美佳のくすくすと嬉しそうに笑う声が聞こえた。

森野もその話にちょっと感動する。陽菜乃がそんなふうに思ってくれていたなんて考えていなかったのだ。綺麗な姿を森野に見せたいと思ってくれているなんて。

「こんなこと言っている場合ではないんですけど、すっごく嬉しいかも」

『友人としても嬉しいわよ。陽菜乃、ちゃんとあなたのこと好きなのねえ』

「迎えに行っていいですか？」

『もちろん。迎えにきてあげて。でも叱らないでやってね』

「叱るなんてできるわけがない。俺だって嬉しいばかりなのに」

『女の子には、お出かけの準備も大事なデートの始まりなの。好きな人のための準備。なに着ていこう、メイクはどうしよう？　これでいいかなって』

そんな陽菜乃の姿を想像したら、森野は口元が緩《ゆる》んでしまった。

「可愛い」

『全く！　完璧な男のくせに、あなたも恋愛には慣れていないのね。あんたたちはもうちょっとお勉強が必要だわ』

「木下さん、お勉強はもういいです」

『取材じゃないわよ！　もう。いいから早く陽菜乃を迎えに来てあげて。リビングで膝抱えちゃって邪魔でしようがない』

「すぐに行きます」

美佳と話をしながら、森野はどれほど自分に余裕がなかったのかということに気づく。それほどまでに陽菜乃のことが好きなのだ。

通話を切った森野は、美佳が教えてくれた住所にハンドルを切った。

◇　◇　◇

助手席で陽菜乃はしょぼんとしていた。

「英さん……ごめんなさい」

「俺も気づかなくてごめん。陽菜乃と出かけられるってことに浮かれてしまった」

「それは私も一緒なんです！　本当に一緒に出かけることが嫌だったわけではなくて……」

「うん。木下さんに聞いたよ。陽菜乃、綺麗な姿で俺の側にいたいって思ってくれたんだよね？」

こんな時も森野は優しくて、こくりと陽菜乃は頷《うなず》いた。

「やり直してもいいですか？」

「デートのやり直し？　かまわないよ。楽しみだな」

ごめんなさい。本当にごめんなさい。心の中で何度も謝る。

陽菜乃だって、本当は一緒に素敵な街を森野と散策したり、美味しそうなものを買い食いしたり、珍しいものにいっしょにはしゃいだりしたかった。けど……それができなかったのは自分のせいだ。

なのに、森野はそんな陽菜乃にも優しくて、次の機会をくれるという。

「せっかく連れていってくれたのに、ごめんなさい」

「いいよ。気づかなかった俺も悪かった。ちゃんと次を楽しみにしてるから」

笑ってハンドルを握っている森野の服の脇を陽菜乃はきゅっと掴んだ。

「英さん、私リベンジしますから！」

「う……うん？」

◇◇◇

気合の入っている陽菜乃に微妙に不安になりつつ、その一生懸命な可愛さに森野はため息が出そうになっていた。

月曜日、出社してきた陽菜乃はいつもと変わらなかった。いつものように淡々と仕事をこなし、ふと森野が席に目をやった時には、陽菜乃は定時で帰ってしまっていた。

声をかけようにも、お互いのタイミングが合わなくてそれもなかなか難しい。翌日、声をかけようと思っていたのに、今度は森野の方が忙しくなってしまって声をかけることができない。デスクから陽菜乃が仕事をしている姿は見えるのだ。

（――こんなにままならないものだっただろうか）

会社の女子と割り切ったお付き合いをしていた頃は、相手からもっと頻繁に声をかけられていたような気がする。うっとうしいと思うくらいだったはずだ。

意を決して声をかけようと思ったのが木曜日だ。

「小島さん、今いいかな？」

陽菜乃の目線が斜め上を向いている。

「えーと、今ちょっと難しいですー？」

なんだその疑問形。

「分かった」

そう言ってその場を去った森野に、陽菜乃が後ろからごめんなさい！　と合掌しつつお詫びしていたのに、森野は気づいていなかった。

◇　◇　◇

その日も会社の業務が終わったら陽菜乃はさっさと片づけをして帰る。

（――どうしても！　どうしても英さんの横に立つのに必要なんです！）

先週、日曜日に自宅に帰った陽菜乃は、まず美佳に連絡した。

もちろんお礼の意味もあったし、今後のことを相談したかった。美佳はいつも自分に似合う素敵なファッションをしている。

『かといって私と、同じ服装は陽菜乃向きではないしねえ。キャラが違いすぎる』

「あれは美佳ちゃんくらい谷間がないと無理だわ。今からお胸を大きくするのは無理がありすぎる……」

そんなことは言っていない。美佳は乾いた笑みをもらした。

『いや、陽菜乃もスタイル悪くはないからね。そうじゃなくてキャラの問題。どういう服持ってたっけ？』

「家で着る用のパーカーか……会社に着てくブラウスとスカートとかパンツ……」

そこで言葉は止まってしまう。

（いや、言葉にすると割とひどいな？）

『スカートってフレアとか？』

「いや……割とストンてしたやつ」

『ひざ丈くらいのタイトとか？』

「まさかあ。膝なんて絶対出ないよ。すねくらいのAラインスカートっぽいやつ？」

『せめてブラウスはちょっと胸元が可愛いとか、リボンがついてるとか』

美佳はなんとか会話の中から陽菜乃を救おうとしてくれているのが見て取れるが、申し訳ないくらい言い訳できない。通話の向こうの美佳はきっとじりじりしているんだろうなぁと陽菜乃は察する。

「ううん。白一色。普通のシンプルなやつ……」

答えを返しながら、陽菜乃はだんだん申し訳なくなってきた。

『分かった。明日、一緒にお買い物に行こう』

「ありがとう！　美佳ちゃん！」

そんなわけで、月曜日に陽菜乃は美佳と買い物に行ったのだ。

この前は周りが気になってしまって、森野と一緒に過ごすこともできなかったあの街だ。この日も美佳はVネックのゆるっとしたニットと、細身のデニムパンツ。カジュアルなコーディネートが非常に似合っている。長い髪を綺麗なウエーブに巻いていて、髪をかき上げると細い腕に派手なバングルと大きなピアスがきらりと光った。

華やかで綺麗な顔立ちを華やかなメイクがさらに彩っていて、とてもセクシーで、人目を引いている。

（美佳ちゃん！　本当にカッコいい！）

「えーっと……どこ行こうかな……」

「陽菜乃ちゃん！」

美佳がどの店にするか、と周りを見回したときに、陽菜乃に声をかけてくる男性がいた。

「真崎さん！」

陽菜乃に声をかけてきたのは、森野の兄である真崎だった。黒のざっくりとしたニットと白のデニムパンツはシンプルだからこそ、真崎のもともとの素材の良さを引き立てている。真崎も美佳に負けず劣らずセクシーでカッコいい。

「お買い物？」

「はい！」

真崎に向かってにこっと笑った陽菜乃を、美佳が後ろからぎゅっと引き寄せる。

「どういうこと？」

「美佳さん？　お二人、知り合いなんだ？　なんか意外な組み合わせだねえ」

「陽菜乃、この人と知り合いなの？」

陽菜乃には美佳と真崎も知り合いのように見えた。それにしてはいつも誰にでも人懐っこい美佳が警戒心高めなのが気になる。

「うん。森野さんのお兄さん。すごく優しい人なんだよ」

「森野さんのお兄さん……」

「美佳さん、先日はありがとうございました。うちのサイトでもイラスト、非常に好評で」

それを聞いて陽菜乃は、美佳が「もあらぶサイト」で仕事をしたんだということを知った。

「あ、イラストのお仕事したんだー！」

「そう。それはよかったです。じゃ……」

美佳が立ち去ろうとするので、慌てて頭を下げて陽菜乃がその後を追おうとすると、真崎に腕を掴まれた。真崎ににっこり笑って尋ねられる。

「今日はどうしたの？」

「あ、服を買おうと思っていて」

「へー」

身のこなしも機敏な美佳と比べると陽菜乃は少し……というかかなり鈍い。そんな陽菜乃の方が捕まってしまったのだ。

もちろん美佳に置いていくことなどできるはずもない。舌打ちしそうな顔で美佳が振り返った。

「俺も付き合ってあげる」

「本当ですか!? ありがとうございます!!」

そう言われて陽菜乃は嬉しくなってしまう。だって、真崎は森野の兄なのだ。だったらきっと森野の好みの服装も分かるはずだから。

はしゃぐ陽菜乃になぜか美佳は微妙な顔をしていたが、陽菜乃がアドバイザーが増えたねっ、と笑いかけると、苦笑して頷《うなず》いた。

陽菜乃から今日この駅にいる理由を聞いた真崎は、笑顔で頷《うなず》いている。

「なるほどねー。英のためかあ。陽菜乃ちゃんは可愛いなあ」

うんうんと頷《うなず》いている真崎も、道行く人の注目を集めていた。兄弟そろって目立つ存在なのだ。

「俺の知り合いがここの近くでサロンを開いているんだけど、その人に相談してみようか。ヘアサロンの経営をしているんだけど、実はスタイリストなんだよ。もちろん今も売れっ子スタイリスト」

こんなドラマとかも担当していたんだよ、と真崎がタイトルを教えてくれたのは、陽菜乃も知っているドラマだった。

「すごい！」

真崎が電話をするとたまたまその人がいると言うので、三人でサロンに向かうことにしたのだった。

サロンではその人が待ってくれていた。

「真崎！」

真崎をハグするのはすらりとした美人だ。ご年齢が少し高めなので、陽菜乃はあらぬ想像をしてしまう。

(まさか、真崎さんツバメってやつですか⁉)

「英の彼女はその子？」

女性は美佳を指さす。

「この子」

驚いて固まってしまっている陽菜乃をここぞとばかりにぎゅうっとして、彼女の前に差し出す真崎だ。

「まあ、キュート！　なんて可愛いの⁉」

「でしょ？　だからよろしく、ママ」

「マ、ママーっ⁉」

ママということはお母さんで、真崎のお母さんということは、もちろん英のお母さんでもあるわけだ。

（ツバメなんて思ってごめんなさい、真崎さん）

「なんていうの？　陽菜乃ちゃん？　可愛いわね」

こんな会い方をするとは思っていなかった陽菜乃は、目を開けたまま気絶できそうだ。

「ちょうどよかったわ。この前終わったドラマの不要な衣装が山ほどあって。持って帰ってくれるなら、たくさん選んであげる。え？　お金？　いらないわよそんなの。衣装提供でいただくんだけど、もう山ほどあって困ってるから」

そこで紹介された森野の母は、プロスタイリストでこの道何十年という有名人だった。道理で息子二人もセンスがいいはずだと陽菜乃は納得した。

森野の母が経営しているこのサロンは、一階がヘアサロン、二階より上がスタイリスト用の事務所になっているということだった。事務所でお茶をいただきながら、ことの経緯を真崎が説明する。

「素敵なお話ねえ。誰かのために綺麗になりたい、なんてきゅんきゅんするわね」

森野の母はとても気さくな人で、そんなところは真崎にも似ている。なんて呼べばいいんだろうと困っていた陽菜乃に笑顔をむけてくれた。

「陽菜乃ちゃん？　私のことは祐理《ゆり》と呼んでね」

プロスタイリストである祐理から、陽菜乃は二、三年は着るものに困らないのではないかというくらいに服をもらってしまった。さらに、一階のサロンが閉店した後に、鏡の前に座らされてケープをかけられる。

「素材がいいのに、何もしていないのがもったいなさすぎて、構わせてね」

軽く毛先をカットされて、メイクの仕方まで教わってしまったのだ。祐理はリキッドファンデーションを手に取り、陽菜乃の肌に乗せていく。

「肌に色むらもないし、きめ細かくてとても綺麗。普通はファンデーションをつける前にコンシーラーで色むらをカバーしたりするんだけど、陽菜乃ちゃんはそれも不要ね」

スポンジでファンデーションを丁寧につけていくその様子を、陽菜乃は鏡越しに見る。

「うちは男の子ばかりだから、娘がいたらこんなふうにメイクしてあげたかったなあ。だから、ありがとうね、今日は来てくれて」

真崎のお母さんでもある人なのだから、陽菜乃の母よりももっと年上のはずだ。それなのにメイクするために陽菜乃に近づくとなんだかいい匂いだし、綺麗すぎる。

「すみません。私、知らなくて、真崎さんが……」

突然連れてこられて陽菜乃は本当に驚いてしまったのだ。真崎としては緊張しないように、という気遣いだったのかもしれないが、陽菜乃は驚くばかりだった。息子の交際相手と聞いても祐理がフランクに接してくれることに感謝する。

「そうなの。ふふ……真崎は英が可愛くて仕方ないから」

ふわふわと大きなブラシで顔を撫でられるようにメイクされるのは、とても気持ちがいい。

「英からは父親のこと聞いた？」

それを言われて一瞬どきんとする陽菜乃だ。祐理に会った時から心の中に湧き起こった疑問でもあった。

（お父さんはどんな方なんだろう？）

けれど、それを森野以外の人の口から聞くのは違う気がした。陽菜乃にはきっといつか話してくれるはずだ。

「いえ……」

「そっか。聞きたい？」

鏡越しにそう尋ねる祐理はとても優しい顔をしていた。教えてくださいと言えばきっと教えてくれただろう。

「知りたいと言えば知りたいですけど、きっといつか英さんが話してくれると思うので、その時でいいです」

「陽菜乃ちゃん、良い子ね。そうね、きっといつか英はあなたには話すでしょうね。また、会いに来てくれる？」

「いいんですか？」

「もちろんよ！　もしも英がいいと言ったら、一緒に来てね」

「はい」

そう返事をした陽菜乃にかかっていたケープをふわりと祐理が外す。

鏡を見て陽菜乃は驚いた。陽菜乃がいつも一つにまとめている髪は下ろされて、ゆるふわに巻いてある。淡いピンクのブラウスは今まで着たことはなかったけど、普段より顔が明るく見える気がした。白のフレアスカートはやや長めでとても女の子らしい。ふわりと頬に入れられたピンクのチークは顔色を明るく見せ、唇に乗せられたリップはつややかでナチュラルなベビーピンクだ。

オーディエンスの美佳や真崎も目を見開いている。

「つか、可愛い！　ちょっと足しただけでこれ⁉　やっぱ素材はよかったんだねー！」

確かに、鏡に映っているのが自分とは信じられないくらい綺麗に仕上げてもらった。

「祐理さん！　私、これを自分でできるように頑張りたいです！　祐理さんみたいにいろんな人を綺麗にすることはできないですけど、せめて、自分くらいはできるようになりたいです！」

「陽菜乃ちゃん！　なんて可愛いの⁉」

祐理にぎゅうっとハグされる。それから陽菜乃は祐理にメイクの仕方もしっかり教えてもらって、家に帰ったのだ。


木曜日、自宅に帰った陽菜乃は、この前選んでもらった服に着替え、メイクをしてみる。

ここ数日練習して、祐理にしてもらったほどではないけれど、何とか見られるようにはなったと思う。

その間、森野がもの言いたげな顔をしていたことは知っていたけれど、陽菜乃は次は絶対に後悔しない姿で森野の前に立つのだと決心していたし、自習をしたかった。

実を言えば、昨日も今日も、朝頑張ってメイクもしたし、服も替えたのだ。けれど、どうしても決心がつかなくて、ついメイクを落とし、いつもの服に着替えてしまった。

（けど、恥ずかしくて逃げ帰るとか、そういうことはもうしないわ）

陽菜乃は森野に明日泊まりに行っていいか、メールを送る。

森野からは即『おいで。楽しみにしているから』と返ってきた。

（――英さん！　私頑張ったから!!）

それは完全に復讐を果たした顔だったのだが、陽菜乃はそんなことには気づいていなかった。


「おはようございますー」

そう言って出勤した陽菜乃はみんなが自分の方を見て驚いているのを目にして、あわてて後ろを振り向く。なにか、後ろに驚くようなものでもあるのかと思ったのだ。

（あ、私かー）

真崎や美佳ですら驚くのだから、ある意味当然と言えば当然なのかもしれなかった。

「小島さん！　めちゃくちゃ可愛いですねえ！」

「スカート、すごい可愛いです！　どこで買われたんですか？」

「え？　え？」

こんなふうに囲まれたことがない陽菜乃は一瞬にしてパニックだ。

「今日はデートですか？」

そう聞かれてつい、真っ赤になってしまう。

「小島さん、真っ赤！　すごい可愛い。こんな素敵な人だったんですね」

（すご……祐理さんメイク、効果抜群です！）

自分を変えたら周りが変わることもあるなんて、陽菜乃は知らなかった。

（英さん、どう思っているんだろう……）

ちらりと森野の席を見ると出勤はしているようだが、こちらは見ていない。いつもと同じようにパソコンを見ながら淡々と仕事をしているだけだ。

（――だよね……）

森野の周りには今までも華やかな女性がたくさんいた。だからこそ、別に陽菜乃ごときが綺麗にしたところで動揺することなんてないんだろう。自分で自分の姿が見えないのは幸いだ。

陽菜乃はいつも通りに仕事を進めていった。

「小島さん、今日みんなでランチに行くんですけど、一緒にどうですか？」

「え？　いいんですか？」

「はい！　ぜひ！」

今まではあまり話したことのない課の女性たちに声をかけられて、近くのイタリアンにランチに行く。

（わー、ＯＬさんだあ！）

可愛らしく女の子同士でお財布と携帯を持って、ランチに行くのにあこがれてはいた。けれど、今まではこんな気軽に声をかけられることはなかったのだ。

「急に声かけちゃってごめんなさい。よかったですか？」

「私もすごく嬉しいです」

そう陽菜乃が返すと、同僚たちは顔を見合わせた。

「小島さんは一人でいるのが好きなのかと思って声をかけづらかったんです。でも、今日はなんか明るい雰囲気だったし、いいかなって思って勇気を出してみました」

「ブラウス、すごく可愛いですね」

陽菜乃は祐理に教えてもらったブランド名を教える。それは、聞かれたらこう答えなさいとレクチャーされていたものだ。

「あー知ってる！　小島さんも行くんですか？」

「買ったことなかったんだけど、私も勇気を出してみました」

「素敵ですよ。とても似合ってる」

◇◇◇

騒ぎになっていたのは女子ばかりではなかった。

「皆川！　やっぱお前の言う通りだな！　小島さん、むっちゃ可愛いじゃん！」

「なんだよ、今まではそんなこと言っていなかったくせに」

「あんなに可愛いなんて思わなかったからな」

女性社員たちがきゃっきゃしながら陽菜乃を囲んでランチに出て行って、その後は男性社員が席ではしゃぎ始める。

（確かにね、今までの陽菜乃は若干野暮ったかったかもしれない。けどあんなに可愛くなる必要あるか⁉）

森野は陽菜乃が集中した時の姿を知っている。一旦夢中になると、とことんまで突き詰める陽菜乃の性格も。

（かといって、可愛すぎだろあれは！）

早めに牽制しておかないとまずいことになると察した森野だった。

◇　◇　◇

「小島さん？」

「はい」

定時ちょっと前。陽菜乃の席に、森野がにこにこして近づいてきた。

その時、森野が普段会社では絶対に外すことのない眼鏡を外したのだ。そして笑顔のまま緩《ゆる》く髪をかき上げる。かき上げた瞬間に、その麗しいお顔が披露されたのだ。

陽菜乃は自分の後ろでキャーという女性社員の声を聞いた。朝来た時くらい社内がざわついている。

（な……ナニ？　なにが起こってるの⁉　どういうこと⁉）

「今日は俺の方が遅くなりそうだから、下で待っててくれる？」

麗しすぎる笑顔だ。確かにカワムラ商会は社内恋愛を禁止されてはいない。社内恋愛から結婚に至ったカップルも多いし、陽菜乃もそんなカップルの結婚式に出たことがある。

けど、これは……これは……。陽菜乃もTL作家だ。状況は分かる。書いたこともある。

(これは——牽制⁉)

森野が？　なぜに？　いや、むしろ牽制は気のせいかもしれない。

けど、眼鏡！

そのあまりの綺麗さに、周りの女性ばかりか、男性社員までもがぼうっと森野の顔に見とれている。

(さすがだわ)

いや、褒めている場合ではない。現実に牽制なんてされたら……

(もうどうすれば……どうすればいいの⁉)

「小島さん！　森野係長とお付き合いしてるの？」

「え……あのっ私」

「陽菜乃？　隠さなくてよくないか？　そうなんだ」

陽菜乃の肩に手を置いた森野が天使のような微笑みを見せると、女性陣から黄色い声が上がる。

「小島さん、だから綺麗になったのね！」

「森野係長って、眼鏡外すと麗しさに拍車がかかりますよね〜」

「すごいー！　もう小説かマンガみたいなお二人！」

陽菜乃はくらりとする。自分は小説を書く気はあるけれど、主人公になれるような人材とは思っていない。けれど、一体この状況はどうしたものだろうか。

「みんな、陽菜乃は恥ずかしがりだからその辺で」

森野がにこりと笑うと、みんな「はーい」と返事をしてばらばらになる。けれどあちこちで、意外だったねー、でもお似合い、とまだざわざわしている。

「英さん！　びっくりするでしょう！」

ひそひそと陽菜乃は森野を軽く責める。

「驚いたのはこっちだよ。だれがそこまで可愛くしろって言ったの。いい？　陽菜乃、これはマーキングだよ」

口元はにっこりと笑っているけれど、目が軽い怒りを含んでいる森野は……

（怖い！　怖いってば！）

「陽菜乃はもちろん、お仕置きで今日は寝られない覚悟をしてきているんだよね？　あ、そう言えば泣くほどおねだりさせる予定だった」

（ちょ……そんな予定立てないで！　あと、お仕置きとか、おねだりとかドSっぽいのやめて。きゅんきゅんするからっ！）

「そんな顔しちゃう陽菜乃は早く下に降りて、目立たないところで待ってて」

こくっと頷《うなず》いた陽菜乃は片づけをしてエレベーターで階下に降りる。手でぱたぱたと顔をあおった。

（――あー、英さんの破壊力……やばすぎ）

言われた通り、ロビーの目立たないところでソファに腰かけた陽菜乃は、カバンからスマートフォンを取り出して見てみる。

すると、メールが入っていることに気づいた。そのタイトルを見て陽菜乃は声も出ない。

「し……書籍化について⁉」

メールの中身は書籍化についての打診だったのだ。丁寧なあいさつの後に、今回のコンテストについては残念な結果だったと書かれている。その上で書籍化の打診をしたいので一度ご案内させていただけませんか？　というものだった。

もちろん美佳が表紙を書いてくれて、森野に取材をしてから書いたあの作品だ。信じられなくて、陽菜乃はしばらくそのメールをじっと見つめる。

「陽菜乃？　待たせてごめん。本当に見つけにくいところに……大丈夫か？」

ロビーに下りてきた森野が、ただならぬ様子の陽菜乃にたじろぐ。

「英さん、このメール……」

陽菜乃が震える手で差し出したスマートフォンの画面を確認する。

「書籍化！　すごいじゃないか！」

「そうですよね！　やっぱり本当なんだ」

「あんなに頑張っていたんだから。よかったな……本当に。俺も、すごく嬉しい。陽菜乃の夢が叶うときに側にいることが俺にとっての夢だった。それを真っ先に俺に教えてくれてありがとう。一緒に喜ぶ相手に俺を選んでくれてありがとう」

「英さん……」

マーキングとか監禁とか牽制とか、時に物騒な森野だけれど、陽菜乃のことを本当に思ってくれているんだと胸がいっぱいになった。

「今日はお祝いだな。陽菜乃が可愛い恰好をしているからお店を予約したんだ。ちょうどよかった」

そう言って森野が連れて行ってくれたのは、駅近くの有名な一流ホテルだ。その最上階のレストランを予約してあるという。

（たまたま……？）

ものすごい偶然もあるものだ。しかも森野がリザーブしていたのは、夜景の見える窓際の席だった。

（え……本当にたまたま？）

森野がシャンパンを頼んでくれて、二人で乾杯する。

「あの……英さん、本当に偶然なの？」

森野はにこりと笑う。

「母と会ったんだって？」

（――これが本題なんだわ）

こくりと陽菜乃は頷《うなず》いた。

「驚いただろう。にぎやかな人なんだよ」

「ごめんなさい。私、知らなくて」

「いや？　真崎が、陽菜乃に母の店とは言わずに連れて行ったから、陽菜乃を責めないで、と言っていたんだよ。父の話は聞いた？」

綺麗にお皿に載せられている前菜をいただきながら、森野が陽菜乃に尋ねる。陽菜乃は首を横に振った。

「英さんの口から聞くべきかと思ったから」

「そうか……」

そうして森野はとても綺麗に陽菜乃に向かって笑った。

「陽菜乃のそういうところが好きなんだ。……俺の父はね」

そう言ったところで、陽菜乃のスマートフォンがぷるぷると震える。

「うん、お父様は？」

振動はずっと続いた。

「陽菜乃、それ着信じゃない？」

（なんだろう、この次回に続くみたいな感じ）

「出てきます」

レストランの外に出て着信を確認すると、相手は美佳だった。そもそもしつこく電話をかけてくるような人ではない。きっと何か大事な用事があるのだ。

また着信があり、陽菜乃は通話のボタンを押す。

「美佳ちゃん？」

『陽菜乃、メール来た？』

「え？　書籍化？　なんで知ってるの？」

『私のところにも話が来たからよ。あのままの表紙はもちろん使えないんだけど、イラストレーターとして発注もらった。陽菜乃と書籍で一緒に仕事できるなんて思わなかった。すごく嬉しい』

「本当？」

『うん。原作のイメージを壊したくないからって。陽菜乃の担当さん、すごくいい人よ。今日は時間外だから連絡できないかもだけど、月曜日にお話ししてみるといいよ』

こんな幸せなことがあるなんて本当に思わなかった。

「うん！　すごく嬉しい！」

『陽菜乃、よかったね』

胸が締め付けられるように熱くて、とても嬉しい。

「嬉しい。美佳ちゃん、よろしくね」

とても幸せな気持ちで電話を切った陽菜乃は、レストランの席に戻る。

「大丈夫だった？」

「はい。でもお話途中で席を立ってしまってごめんなさい」

「いや……実はうちはちょっと普通じゃなくて……」

その時、窓の外にヘリコプターが飛んでいるのが見えた。どうやらこのホテルの上に停まるようだ。ホテルの屋上にヘリポートが併設してあるらしい。陽菜乃もこんなに近くでヘリコプターを見るのは初めてだ。

「見て！　英さん！　ヘリコプターが！　すごいですねえ、ヘリコプターでホテルに来るような人が……」

森野の顔が真っ青になっている。

「英さん？」

「陽菜乃……」

「大丈夫？　英さん、顔色が……」

「いや、大丈夫。それより……」

その時、レストランの入り口にとても華々しい雰囲気の眼鏡の男性が姿を見せた。

「英！」

華やかなスーツの男性が見たことのないような圧倒的なオーラを放ちつつ、森野と陽菜乃の方にやってくる。大股で二人の前に来た男性が眼鏡を外した。

森野孝太郎《こうたろう》。国民的大スターでもありながら実業家としても成功を収めていて、さらに少し前にはハリウッドにも進出を果たし、その語学力と演技力が認められ、次の仕事のオファーも続々と来ているとネットニュースで見た。

確かもう五十代も後半のはずだが、凛々しく若々しい。その人が目の前にいた。いつもテレビ越しに見ていた人だ。その華々しい登場に、通常ならば静かなはずのレストランがさすがにざわついている。あまりにも派手すぎて、眼鏡はほとんど意味をなしていなかったが。

「……その、もう少し地味にできないんですか？」

「無理だね。俺は目立つのが好きだから」

森野の提案ににっこりと笑って返すその姿に、陽菜乃はいけないと思いつつ、ちょっときゅんとする。

（イケおじだー！）

はーっと森野がため息をついている。

「陽菜乃、紹介する。俺の父だよ」

「は？　え？」

お金持ちだろうとは思っていた。あのマンションだ。けれど、父親が実業家の国民的スターとは聞いていない。予想の斜め上って、こういうことを言うのだろうか。

「英に彼女ができたと祐理に聞いたから、あいさつしたくて。あまり時間はないんだが来てしまった。こちらが彼女？　はじめまして、森野孝太郎といいます」

（知ってます。子供のころからずっと見てますから）

確かに、にこにこしていると森野に面差しが似ている。最初は緊張していたけれど、森野に似ていると思うと少し安心して、陽菜乃は笑顔を見せた。

「初めまして。小島陽菜乃です」

にこっと笑った孝太郎は陽菜乃と握手する。

「うん！　英、良い子を選んだね。まあ、君が選んだ女性だから信頼してはいたけれど」

孝太郎は華やかな笑みを浮かべた。

「陽菜乃ちゃん？　俺はほとんど英と過ごすことはできなかったんだけど、その分、祐理と真崎にとても可愛がられて育っている。英がどう思っているかは知らないけれど、俺は英のこと、とても大事に思っているんだ」

母、兄、そのどちらにも可愛がられて育ったと言われて陽菜乃は納得した。

恋愛に関しては少し拗らせていたようだけれど、陽菜乃と付き合っている今は違う。本来の森野は愛情深くて、とても優しい人だ。家族にとても愛されている。この父親にも。忙しい中、陽菜乃の顔をわざわざ見に来たということはそういうことなのだろうと分かる。むしろ親バカの類なのではないだろうか。

森野を見ると、目を伏せて、軽くため息をついていた。陽菜乃と目が合うと苦笑する。陽菜乃はテーブルの上の森野の手を握った。

「陽菜乃？」

「私も大事に思ってます。英さんも私のことをとても大事にしてくれています」

「そうか……それは、よかったよ」

そう言って笑った孝太郎は、今日見た中で一番父親らしい顔をしていた。

あまり長居はできないと言っていた通り、その後、孝太郎はすぐに席を辞した。

帰り際にレストランのお会計と、このホテルの一番いい部屋をリザーブしていってくれたらしい。

ホテルの最上階に位置するスイートルームは今後泊まれる機会なんてないかもしれない、と陽菜乃は思い切りはしゃぐことにした。

「うわー！　リビング！　寝室！　ベッドむちゃくちゃ大きいー！　一泊じゃもったいない」

「二泊だよ。日曜日に帰ればいいんだろう？　ってさっき念押しされたから」

「え？」

「父もよく分かっているよね。一泊で足りるわけなくない？　あ、ここは陽菜乃がお札数枚置いて姿を消すってわけにはいかないからね」

（むっちゃ根に持ってる……）

「そんなこともうしないよ。あの時は取材だったけど、今は彼氏だもん」

「陽菜乃……」

森野から、はーっと深いため息の音が聞こえる。

（え？　なになに？　何か怒らせた？）

「そういうところが俺にはたまらないよ」

おいで、とリビングのソファで両手を広げられて、きゅんとした陽菜乃はその腕の中にふわりと飛び込む。腕の中の陽菜乃の頭を森野は撫でてくれた。

「そう。でも、もう彼氏でいるのもいやなんだ」

「え？」

（この状態でまさか？　別れ話⁉）

最悪のことが一瞬だけ頭をよぎる陽菜乃だ。

「ねえ、陽菜乃？　うちの家族、どう思う？」

その時、頭の上から低い声が聞こえてきて、陽菜乃は頭を上げられなくなった。その声音はとても真剣なものだった。

「うーん、一言でいうと大好きかな」

「大好き……」

「あ、英さん、この恰好どうですか？」

なぜか泣きそうな顔の森野に、陽菜乃は笑顔を向ける。

「うん。可愛い。今日、ずっと可愛いって思ってた」

「でしょ？　これね、英さんのお母さんの祐理さんが選んでくれたんですよ」

「母が……」

呟く森野に陽菜乃は微笑む。

「その時お店に連れてってくれたのは真崎さんで、メイクの仕方を教えてくれたのは祐理さん。それから今日、こんな素敵な部屋で英さんと過ごすことができるようにお部屋を取ってくれたお父さん。みんな英さんが大事で大好きで、私も大好きです」

ふわりと笑った陽菜乃を、森野はぎゅっと抱きしめた。

「私、今すごく楽しくて、すごく幸せな気持ちだけど、それってこのお部屋がゴージャスだからじゃないよ。一緒に過ごすのが英さんだから。私にいつもたくさんのものをくれてありがとう。大好きだよ」

抱きしめてくれている森野を陽菜乃はきゅっと抱き返した。

「陽菜乃っ……君こそ俺に得がたいものをたくさんくれてるのに」

「でも、彼氏でいるのはいやなの？」

「うん。いやだね」

ごそ……と動いた森野が、ポケットから小さなケースを取り出し中身を陽菜乃に向ける。ベルベット素材のクッションの上にはキラキラと輝く指輪が鎮座していた。

「俺と結婚してくれる？」

「え？」

「え？　……って？　いや、答えは一つだろ。俯《うつむ》いて、はい、とか言わないかな普通」

「あの……いろいろありすぎて……」

森野には申し訳ないけれど、本来なら一生に一度の思い出になるはずの今日は、濃厚すぎてむしろ訳が分からない。

ただ、その中ではっきりしていることがあるとするならば、陽菜乃は森野がどこの誰でも気持ちは変わらない、ということだけだ。

お父さんがヘリでやってくるとか、いろんな衝撃はあったけれど。そんなの大したことでは……

あるかもしれないが、それで森野への気持ちが昨日と変化しているかと言えば、そんなことはない。

「大好きと言ってなかった？」

「大好き。ただ……現実を受け入れられないというか……いろいろ。英さん、これって現実ですか？」

「ほっぺた引っ張ってやろうか？」

「ぜひ！」

身体を乗り出し気味に言う陽菜乃の鼻を森野はきゅっとつまむ。

「ふにゃっ……」

「現実って分かった？」

目の前で笑う森野がきらきらと眩しくて、現実感も薄れそうだ。でも幸せそうに笑っているから、陽菜乃はなんだか嬉しくなってしまった。

「なんか、すごく幸せかも」

「陽菜乃は俺の側で夢を叶えて、俺にそれを見せてくれた。頑張っている姿も、俺に綺麗な自分を見せたいって努力した姿も。家族を見ても、俺のことを見てくれる。大事で大好きって言ってくれる。こんな人、手放せるわけないだろ」

「オタクの引きこもりなのに？」

「引きこもり大歓迎。監禁しなくて済むからな。それにこれからは単なるオタクじゃないんだろ？作家、になるんじゃないのか？」

「やっぱり、ほっぺた引っ張ってください！」

「ほっぺたは引っ張らないが、その身体にはいやってほど、教えてやろうな？」

そう言ってにっこり笑った森野は軽く陽菜乃の唇にキスをして、手にしていた指輪をさっさと陽菜乃の左手薬指にはめてしまった。

「うん、サイズはピッタリだな」

「可愛い……」

思わずその指輪に見とれてしまう陽菜乃だ。

そんな陽菜乃を森野は抱き上げた。

「おねだりする陽菜乃が楽しみだなあ」

綺麗で一見そんなことを考えるような人には見えないけど、そう言えばこの人隠れドSだった！

「ん……あっ……」

寝室に陽菜乃の甘い声が響く。くすくすと笑う森野の声は陽菜乃の耳元だ。

「ね？　くすぐったいところは感じるところでしょ？　陽菜乃は全身くすぐったがりだから、全身感じちゃうよね」

「……や、そんなこと、言わないで……」

「そういうのも好きなくせに」

陽菜乃の肌に触れる森野の指一つ一つを感じてしまっておかしくなりそうだ。

先ほどから森野は陽菜乃を焦らすように触れるだけ触れるけれど、肝心なところには触れてくれない。

「や、じゃないよね、陽菜乃？　なんて言うの？　気持ちいいって言ってごらん」

「あ……きもち、いい……英さぁん……」

「よくできたね。可愛い。じゃあ、指を挿れてあげる」

挿れてあげるといったくせに、ゆるゆると入口付近をかき回すだけの動きに、思わず陽菜乃は焦れてしまった。

身体中のどこもかしこも敏感になってしまっている気がするし、自分の中からとろっと温かい液体が流れ出てしまってもいる。

「焦れてるの？　陽菜乃？」

意地悪で甘い声。わざとそうするように、肝心なところには触れない指。

泣くほどおねだりさせる予定だ、という森野の言葉を思い出していた。

耳元で囁きながら、声には甘さだけではない熱さも含まれている。

陽菜乃を見る目が不埒で熱っぽくて、最高に色っぽい。そして、見とれそうに綺麗だ。

陽菜乃はついぼうっと森野に見とれてしまっていた。

「どうされたい？」

「っ……もっとナカに、挿れて……ほしっ」

「いいよ。分かった」

その笑顔は嬉しそうで、なのにちょっとだけなにか企んでいるふうだ。

「挿れるね」

陽菜乃の隘路《あいろ》を割り入って入ってくる指だけでも気持ちよくて、無意識に腰がうねってしまう。

「その動き、エッ……ロ」

「や、だって……」

「いいんだよ。エロくていい。俺の彼女が俺の腕の中でエロいって最高だから」

エッチになっても構わないなんて言われたら、陽菜乃もタガがはずれそうだ。そうでなくても、先ほどから滴るほどの森野の色香に当てられてくらくらしているのに。

そんなふうに丸ごとの陽菜乃を受け止めて、知らなかった部分を引き出してくれて、陽菜乃が戸惑っても、それすらも包み込んでしまうような人だから、どれだけだって陽菜乃は自分を預けられる。

甘く見つめられて唇が重なって、舌も絡み合う。その時、陽菜乃は気づいた。

「あ……の、指？」

「んー？　挿れてって言われたけど、動かしてとは言われてないよな」

気づいた陽菜乃に森野は嬉しそうな顔を向ける。確かに自分を預けられるとは思ったけど、さんざん焦らされているのに、ここに来てこれはなくないだろうか⁉

それでも陽菜乃は目を潤ませて、森野に甘い声でねだる。

「い、いじわるっ！　んっ……あ、ねぇ、して……？」

陽菜乃がすごく感じてることは分かる。

「いいよ。ただ、こうしててもナカが動いて、うねって、本当にたまんない。だから、陽菜乃自分で触ってみて？」

「自分……で？　って？」

「そう。俺はこうしてナカに触れてるから、陽菜乃は自分でココに触れてみて」

ココ、と森野が触れたのは、今挿れられているところにプツッと尖ってしまっているいやらしい蕾《つぼみ》のことだ。つまり、森野は陽菜乃に目の前でそれをして見せろと言っている。

「や……それは、無理っ……」

陽菜乃は首を横に振った。

「大丈夫。いつも俺が触っているのと同じだよ」

触れてもらって気持ちよくなるのと、自分で触れて快感を求めるのは全く違う。森野はその求める姿が見たいということなのだろう。

「恥ずかしい……もん」

「俺しか見てないのに？　ナカにまで触れられてるのに？」

確かにそれはそうだけど……。唆《そそのか》すように軽く指を動かされる。

「してみてごらん？　絶対気持ちいいから。陽菜乃が自分で触れて、イくとこ見たい。気持ちいいところ教えて。ナカも陽菜乃の顔も全部見たいんだよ」

そっと陽菜乃はそこに触れてみる。森野はじっとそれを見ていた。

思ったよりもじっとりと濡れていて、その感触に驚いて、手が引っ込む。

「大丈夫だから、して？」

熱のこもったその視線に浮かされるように、陽菜乃はそっと触れて、自分で撫でてみる。

「……んっ」

どうしても恥ずかしくて、快感を追い求める、というところまではいけない。

励ますように頬に軽く唇を落としてくれるけれど、森野はかたくなに中に入った指を動かすことはしてくれない。

「大丈夫。陽菜乃……すごく可愛い……」

「ふ……あんっ、英さん……」

「いつもみたいにしてよ。そんなふうに触れていてイケるの？　俺に見せるんじゃなくて、気持ちいいことをしたくてしてる陽菜乃が見たい。澄ましてる顔じゃなくて、欲しくてたまらないって顔見せて」

自分でして見せてと言われているのに、陽菜乃はひどく自分が求められているような気がする。

その時、少しだけ煽るようにナカで動かされた。一瞬だけだったのに、甲高い声が上がってしまった。

「陽菜乃、集中して。気持ちいいことだけ考えて」

なんなら、もう気持ちいいことしか考えられない。

（もっとして……挿れて、動かして……っ）

気づいたら、陽菜乃は自分で自分を慰めてしまっていた。それを熱のこもった目で見られていることにすら感じてしまっていると、耳元で囁きかけられる。

「陽菜乃、ナカが動いてる。すご……陽菜乃、普段こうやって俺のこと締め付けてるんだ。すぐにでも自分のを挿れたい」

森野も、自分でその勃ちあがったものに触れて擦る。陽菜乃を見ながら、陽菜乃で感じて、あんなふうになっている……。壮絶に色香を放つ表情も、自分で昂ぶったモノに触れるのも、淫靡《いんび》でセクシーで、たまらない。森野が感じている姿を、陽菜乃は信じられないくらいに愛おしく思えた。

その気持ちがこんなふうに快感に直結していることも、陽菜乃は知らなかった。

「っあ……イく……っいっちゃうっ……」

「イって？　陽菜乃、イくとこ見せて」

自分の指でここまで高まったはずなのに、ナカの森野の指をきゅうっと締め付けたときに一人じゃないと感じて、さらに気持ちよくなる。普段自分でするならばイって終わりだけれど、それとは全然違う感覚だ。びくびくっと収縮した内壁を今度はゆっくりと擦られる。

「あ！　待って……今イったから……」

「知ってる。ナカすごいびくびくしてる」

さっきまではしてくれなかったくせに、森野の指は今度は容赦なく陽菜乃のナカを暴いていく。

身体の横にある森野の剛直の先端からはなにかこぼれているのが見えて、そこからも湿った音がする。陽菜乃は手で森野の腰を抱き寄せた。

髪をかき上げた森野は陽菜乃を見る。

「ほしいの？」

余裕がない森野の掠れた声はなんて魅力的なんだろう。こくん、と陽菜乃は頷《うなず》いて、それを舌先で舐める。羞恥と快感と、それから自分がしていることに煽られて、さらに気持ちが昂ってしまう。

ふと陽菜乃は思いついて、森野の大事なところをわざと舌先でぺろぺろと舐める。

「陽菜乃……」

森野のねだるような甘い声にぞくっとした。

「咥《くわ》えてほしい？」

陽菜乃は森野を見ながら笑いかける。余裕なんてない。いっぱいいっぱいだ。森野の口角がきゅっと上がった。

「困った子だな。俺におねだりさせたいの？」

口元にあったソレの質量がぐっと大きくなったのはどういうことだろうか。けど、見たい。森野が陽菜乃の与える快感に負けて、ねだるところなんて、すごく見たい。

「すごく、見たい」

「咥《くわ》えて？　陽菜乃」

屈しているように見えて、要求しているところはさすがドSだ、と陽菜乃は妙なところで感心してしまう。

「なに考えてるの？　他のことなんて、もう考えさせないからな」

それから陽菜乃はまさに他のことなんて考えられないくらいに森野に翻弄されて、堪能しつくされてしまったのだった。

エピローグ

ある日の土曜日、陽菜乃と森野は車で郊外にある陽菜乃の実家に向かっていた。

高速を使って車で二時間ほどの場所にあるその小さな地方都市で、陽菜乃の父は建築士をしている。今日は、結婚の挨拶で訪問するのだ。

森野はいつもより若干硬めの表情でハンドルを握っていた。

「大丈夫？」

陽菜乃の声に森野は笑顔を向ける。

「え？　大丈夫ってなにが？」

いや、顔色まで少し悪くなってるけども。

陽菜乃だって最初に森野の家族に会った時は驚いたし、緊張した。まあ、森野の家族はちょっと普通ではないからなおさらではあるのだが。父親の孝太郎は、先日陽菜乃と森野が食事しているところにヘリで乗り付けてきた国民的俳優……というか、先日元気にアメリカに出発したから既に世界的と言い換えてもおかしくはない。そんな人だ。

ハリウッドでの撮影期間は長いため、しばらく帰れないというようなことを言っていた。先日渡米する前には一緒に食事も行ったのだ。

それに、母親の祐理は陽菜乃も知っている映画やドラマをいくつも手がける有名スタイリスト。兄の真崎は元エロメン出身のタレントで、今は大きなサイトを経営している起業家、という華々しい一家なのだから。

それに引きかえ、あまりにも地味で普通すぎる自分の実家。陽菜乃はかえって申し訳ないような気分になってきた。

「あのね、本当に緊張しなくていいのよ。うちは申し訳ないほどのごく普通の家だから」

そう言って、信号待ちで止まった時になでなで、と森野の頭を撫でる。

「だからこそ緊張するよ。そんな家のやつに陽菜乃はやらん！　とか言われたらどうしようかと思うと」

陽菜乃は少し考える。

（そんなことは言わないと思うんだけどなあ……）

基本的に、他人様にご迷惑をかけなければ好きなことをしていい、という家である。

結婚の件に関しても、陽菜乃は先に実家に報告していたけれど、おめでとう！　と言ってとても喜んでくれていただけだ。森野の実家のことはまだ話していないが。森野が挨拶に行くことについても、待ってる！　と母はとてもウキウキした様子だった。

陽菜乃の両親はとても仲が良いおしどり夫婦で、そんな両親にしっかり愛されて育ってきたと思う。

とは言え、いくら陽菜乃が大丈夫だと言っても、緊張はするものだろう。

「大丈夫だよ！　今日頑張ったら何でも言うこと聞いてあげるよ！」

（ご褒美は必要だよね、うん）

「え？　何でも？」

森野の瞳が急にきらりと輝く。

「う……うん？」

（あれ？　何か間違えた？）

先ほどまでの萎《しお》れた雰囲気はなんだったのかと言うくらい、森野がキラキラしてハンドルを握っている。

「それは嬉しい！　何してもらおうかなー」

（え？　あれ？　間違えた？）

そうかもしれない。


「家、大きくない？」

「田舎だもの」

それでも森野の本宅と比べるとさほど大きくはないはずだ。森野は、高級住宅街に豪邸と呼ぶにふさわしい実家がある。

陽菜乃が呼び鈴を押すと「はーい」という母ののんきな声が聞こえた。門の錠が自動でかちゃりと開く。門を開けて玄関に向かうと、玄関のドアが開いた。

「陽菜乃ちゃーん！　お帰りなさい！」

「陽菜乃！　お帰り！」

変わらない両親の笑顔に陽菜乃も嬉しくなった。

「ただいま」

「こんにちは」

森野が柔らかい笑顔を向けると、母が嬉しそうな顔になる。

「うわー、素敵な人ねえ！　森野さん！　陽菜乃から聞いてます。どうぞ上がって？」

「車？　ガレージに入れた？」

「はい。入れさせていただきました。ありがとうございます」

四人でリビングに向かうのに、何だか陽菜乃はくすぐったいような気持ちになった。

リビングのソファに座り、とりとめのない話から始まる。先ほど森野は父に名刺を渡していた。

「カワムラ商会で係長さん、へえ……」

「うちでも事務用品とかお願いしたりしているわよね」

「そうそう」

「ありがとうございます」

そう言って森野はスマートな笑顔を向ける。きっとこれが、森野の営業の時の顔なのだろうと陽菜乃は感じた。

それにしても、いつも陽菜乃には甘い森野だけれど、森野の客先での様子を陽菜乃は見たことがない。背筋が伸びてキリリとしていて、ハキハキして笑顔も魅力的だ。こんな人が営業していたら、確かにお願いしたくなってしまうかもしれない。

「あ、でも肩書きは近いうちに変わるかもしれません」

「昇進？」

「いいえ、父の会社を引き継ぐ可能性が出てきたので」

それは陽菜乃も聞いていない。

「そうなの？」

「うん。今、父はアメリカで仕事をしているんですが、向こうでの仕事が思ったより楽しいらしいんです」

陽菜乃の両親にも聞かせるように森野は説明する。

「そうなんだ。グローバルに仕事をされている方なんだね」

陽菜乃はリビングに置いてあるサイドボードをチラリと見た。綺麗に並べられている中に森野孝太郎が主役のＤＶＤが並んでいる。父のフェイバリットドラマだ。シリーズでずっと見ていたらしいが、大好きすぎてＤＶＤを揃えたと聞いている。

(今……言わなくてもいっか)

なんとなくいい雰囲気だし、初対面で驚かせることもない。もう少し仲良くなってから話そうかな。食事の時とか……そんなことを考えていると、森野がサイドボードに目をやった。

「あ……」

あれ？　ＤＶＤに気がついた？

「陽菜乃さんの写真だ！」

サイドボードには陽菜乃の写真も置いてある。子供の頃の写真や家族で旅行に行った時のものだ。母がそういうのを綺麗に額に入れて飾るのが好きな人なのだ。

「見てもいいですか？」

森野がとても嬉しそうでキラキラしていて、陽菜乃には眩しいくらいだ。母も「どうぞー」と笑っている。

森野が立ち上がってサイドボードまで行くので、陽菜乃も席を立ち横で一緒に見る。

「可愛い。赤ちゃんの陽菜乃、幼稚園の入園？　旅行した時のもあるんだね。陽菜乃、スキューバできるの？」

一つ一つの写真を微笑ましげに丁寧に見ているので、陽菜乃も横で説明することにした。

「それはハワイでスキューバ体験した時のね。免許取りたかったけど、結局取らなかったわ」

「スノボ……？」

「小学校入学前からやってるの。父にスクールに入れられたのよ」

「意外……」

「数ある趣味の中から今の趣味を選んだのよ。好きで引きこもってるの。威張れることではないんだけど」

いろいろ経験させてくれた両親には感謝している。だからこそいろんなことにチャレンジできるのかもしれないと思うからだ。

ひとしきり見終わって、森野は父の前に座り直す。

「小島さん、僕は陽菜乃さんと会うまでは、とても未熟な人間でした。人を信じることができなくて、もらっていた愛情に応えることができないような人間だったんです。けれど、陽菜乃さんは僕から何かを得ようとだけするような人ではなくて、僕自身を見てくれて。もらった愛に感謝して、どんどん素敵になっていく、いつも前向きな人でした。僕はそんな陽菜乃さんの人柄に救われて、変われたんです」

そうだった。最初に会った時の森野は、誰かに何かを期待することをすでに諦めたような人だった。身体を重ねることもなんとも思っていないような。

おそらく今はそんなことはないだろう。二人で過ごしていくうちにお互いが変わっていった。

陽菜乃も変わったし、おそらくは森野も変わったのだ。

それを知ることができて、陽菜乃は少し感動した。

(そっか……。英さんも変わってたんだ)

「私、英さんからいろいろもらったよ。本当に」

それは目には見えないものだ。だからこそ大事なもの。

そんな二人を見て、父はにっこり笑った。

「陽菜乃の見る目を疑うことはないよ。よかったね陽菜乃」

そして父ははーっとため息をつく。

「お前のようなやつに娘はやらん！　ってやりたかったのに、森野くんはいい子すぎる」

「すみません」

「なに言ってるのよ、パパ。英さん、謝らなくていいから」

陽菜乃に微笑み返した森野は、父にまっすぐ向き直った。

「陽菜乃さんのことを大事にします。結婚をお許しください」

「もちろんだよ。二人で幸せになりなさい」

陽菜乃と森野は顔を見合わせた。陽菜乃は幸せそうな森野の顔を見て嬉しくなり、笑顔を返した。

「森野さん、お食事していくでしょう？　今日はお寿司にしようと思っているの。平気かしら？」

「好きです」

母の問いにも森野はにこりとして返した。母はそれを見てほうっとため息をつく。

「森野さんて本当に綺麗なお顔立ちをしているわねえ。陽菜乃ちゃんが面食いなんてママ知らなかったわ」

(面食い？)

綺麗なものは誰でも好きだと思う。

「お食事の時間までゆっくりしていて？」

そう言われて陽菜乃の部屋に向かった二人だ。部屋は陽菜乃が家を出た時のまま、綺麗に保たれていた。

「わー、そのままにしてある」

本棚にはアルバムやノートなどが綺麗に整理されて入っていた。陽菜乃はクローゼットの中を開けてみた。一緒に部屋に入った森野も、もの珍しそうだ。

「あ、制服もそのまま残ってた」

「え？　制服？　高校の？」

「うん。うちの制服可愛くて有名で、この制服着たくて受験勉強頑張ったの、思い出すなあ」

さすがに着られないよね、と身体に当ててみる。

コンコン、と部屋のドアをノックする音が聞こえた。

「陽菜乃ちゃん？」

母の声だ。

「はあい。どうぞー」

カチャ、とドアが開いて、母が飲み物と、先ほど森野が渡したお菓子を皿に載せて持ってきてくれた。森野がそれを受け取る。

母は制服を手にしている陽菜乃を見た。

「あら？　制服？　陽菜乃ちゃん、合格した時すごく喜んでいたから捨てられなかったのよ。今もそれほどスタイルも変わっていないし、着られるんじゃない？」

確かに、高校を卒業した辺りからの体重の変化はそれほどない。

「着られるかもだけど、着ないよ」

「可愛いのに……」

そういう問題ではない。

「見たい」

ぼそっとそう言う森野に、母は首を傾げて見せた。

「ねえ？　可愛いのよ」

「もー、やだよ」

母は可愛いものや綺麗なものに目がなくて、割とそれ以外のことは気にしないたちなのだ。卒業して何年も経って制服を着るのが陽菜乃にとって恥ずかしいということはあまり気にしない。

「陽菜乃ちゃん、見たい」

「陽菜乃、僕も見たいな」

「えー？　やだー」

「だって、陽菜乃ちゃんそんなに変わってないもの。むしろ高校の時よりすごく可愛くなったし、今の方が絶対似合うと思うわ」

母の理屈は訳が分からない。その上、母の隣にいる森野の目が真剣すぎる。

「コスプレだと思えばいいんじゃないか？」

（あー、コスプレかあ……）

階下から母を呼んでいる父の声がする。母ははーいと部屋を出ていった。

「陽菜乃、コスプレって言われて、ちょっとその気になったでしょう？」

森野がにこりと笑う。バレている。

「着てみよう……かな？」

「すげー見たい」

「笑わないでよ？」

「笑わない」

むこう向いてて、と陽菜乃は森野の身体をくるりと回転させる。森野は素直に言われるがままになった。「せっかく陽菜乃がその気になったのだ。むしろそのためならなんでもする」という感じですらある。困る。

着ていたワンピースを脱いで、制服のブラウスを着る。

意外とすんなり入ったけれど、高校の頃より胸元がきつい気がした。なんとかボタンは留められる。スカートのウエストも大丈夫そうだが、丈、こんなに短かっただろうか。

引き出しを開けると、靴下もリボンもそのまましまわれていた。靴下を穿いて、リボンをつけ、ジャケットを羽織る。

（うわー、やっぱり可愛い）

紺のジャケットに、燕脂のチェックのスカートと同じ燕脂カラーのストライプのリボン。リボンは胸元を絶妙に飾る大きさで、やっぱり可愛かった。

「英さん、見て？　可愛くない？」

制服……と続けようとしたのだが、森野が口元を手で覆ってしまったので、その顔を覗きこむことにした。

「英さん？」

「むっちゃ、可愛くてヤバ……」

（語彙力大丈夫？）

はーっと森野は深呼吸している。

「可愛い。それになんかちょっとヤバい気持ちになりそう」

忘れてはいけない。陽菜乃はＴＬ作家なのである。

（コスプレシチュ、やっぱ萌えるのかも！）

「英さん、どきどきする？」

あざといくらいに可愛いが、この聞き方に心当たりのある森野だ。

「陽菜乃、取材しようとしてない？」

「だってー、せっかくの機会なんだもん」

軽く口を尖らせる陽菜乃はいつもより子供っぽくて、本当に女子高生のようだ。森野はそれに乗ることにした。

「すごくどきどきしてる」

そう言って陽菜乃の手を掴んで胸元に当てさせる。

「本当。どきどきしてる……」

陽菜乃には、もちろん自分の姿は見えない。けど目の前の森野の瞳に陽菜乃が映っている。

頬に手が触れて、顎を持ち上げられると、陽菜乃も胸がどきどきしてきてしまった。まるで初めてキスをするかのようだ。軽く唇を触れ合わせるだけのキスを何度も繰り返す。

「女子高生の陽菜乃ちゃんに悪いことを教えてるみたいな気分だよ」

「英さんはスーツだから、先生？　森野先生、好き」

「いけない生徒に誘惑されている気分だな。俺も好きだよ。ほら、口開けて舌出してごらん。舐めてあげる」

軽いキスも好きだけど、今の陽菜乃には物足りないことも確かだ。それに、森野になんだかスイッチが入ったような気がする。

（このちょっとSっぽい英さん、本当に好き）

「ん……」

舌を差し出すと、森野はにっこり笑った。

「いい子だね」

陽菜乃が好きで好きでたまらないその綺麗な顔が嬉しそうに近づく。

緩《ゆる》く舌先を擦り合わされて、だんだん絡み合った。森野の腕が陽菜乃の背中に回り、しっかりと抱きしめられる。その腕の中で陽菜乃は森野が与えてくれるキスに酔う。始めは軽く絡み合うだけだったのに、気づいたら口の中まで深く蹂躙されていた。

「ん……あ……」

唇を離した森野が陽菜乃を胸の中に抱いたままうっすらと笑う。

「声出しちゃダメ」

「うん……」

分かっている。階下に両親もいる。聞こえちゃいけない。分かってるけれど。取材も何もかもどうでもよくなってしまう。陽菜乃の婚約者はなんて魅力的なんだろう。

もっとキスしたい。陽菜乃はねだるように森野に顔を近づけた。

「ん？　キスしたいの？」

「英さん……もっと……」

陽菜乃にもスイッチが入ってしまったことを森野も察しただろう。うっとりと森野の顔を見上げて、ぎゅうっと抱きついてしまう。

「陽菜乃、胸当たってる」

「ダメ？」

「ダメじゃない」

森野は陽菜乃の胸元のボタンをそっと外す。

「これ……本当にヤバい」

「女子高生好きとかそういう趣味あったっけ？」

「ないよ。そうじゃなくて、陽菜乃がこの格好だから興奮しちゃうってこと」

「私だから？」

「そう。君だから」

陽菜乃だってそうだ。森野だから。

少し息を弾ませて、もどかしそうに熱のこもった瞳で見てくる森野に、自分まで興奮してくるのが分かる。

「ねえ、陽菜乃？　胸元、きつそう」

「うん、高校の時より胸、おっきくなったのかなあ」

「最近大きくなってる気がするけど、なんかこの格好でそのスタイルってなおさらエロい気がして興奮するな」

外されたボタンの隙間から下着が見えているのが陽菜乃の目にも入って、ドキッとする。確かにエロい。首元のリボンを外して、制服のボタンが外されていくのを陽菜乃は見ていた。それだけでひどくドキドキする。いつもならキスをしたり身体に触れたりするときは眼鏡を外す森野なのに、今日は眼鏡越しなのも妙な気分にさせるのだ。

「生徒の陽菜乃ちゃん、俺を誘惑してくれる？」

シャツの中にするりと手を入れて、陽菜乃をいたずらっぽく見てくる森野にこそ誘惑されている。外気に触れる部分から肌の温度が上がるような気がして、陽菜乃は身体の奥がじわりと熱くなるのを感じた。陽菜乃の胸元に顔をうずめた森野が片手でブラジャーのホックを外し、現れた肌に唇を落とす。

「森野せん……せい、して？」

陽菜乃はスカートの裾を持ち上げた。胸元の森野が瞳をきらりと光らせて、髪をかき上げる。

「喜んで」

森野は陽菜乃をベッドの横に座らせた。

「スカート、汚すといけないから自分で持って」

「ん……」

自分でスカートを持つのは森野を誘い込むようで、悪いことをしているようでどきどきする。陽菜乃の足の間から森野がショーツをそっと外す。その狭間に指が触れた。くちゅ……と濡れた音。

「濡れてるね、陽菜乃ちゃん」

普段は呼び捨てなのに、陽菜乃ちゃんと呼ばれると胸とお腹の辺りがキュッとする。くちゅくちゅと入口辺りを擦られて指が差し入れられた。浅いところを執拗に擦られる。森野には陽菜乃のいいところなんて全部知られているから、そこをあやまたず指で触れられた。

「……んんっ……あ……」

「陽菜乃、しー……」

そう言って森野は陽菜乃の口を塞ぐために唇を塞ぐ。森野の口の中に陽菜乃の喘ぎが吸い込まれていく。

「……っは……あ、英さんっ、もっと……」

「ヤバ……挿れたくなる」

「挿れて……っ」

森野が陽菜乃をベッドに押し倒すときゅっときしむ音がした。これでは激しく動くことはできないだろう。

「陽菜乃、ベッドに手ついて、口元枕で塞いで」

ぼうっとしたまま、陽菜乃は言われたまま森野に背中を向けて枕を口元に持ってくる。

「声、出しちゃダメだよ？」

後ろから耳元に囁かれる声に陽菜乃はこくこくっと頷《うなず》いた。森野のものでくちゅくちゅと入り口を擦られる。それだけで陽菜乃は声が漏れそうだった。枕があって正解だ。

「激しくはできないから、ゆっくりね」

陽菜乃はそれにもこくっと頷《うなず》く。

後ろからされるのは、いつもとは違う感覚を陽菜乃にもたらした。もう、森野の形はその場所が覚えてしまっていると思っていたのに、当たる場所が違うというのはそれだけでドキドキする。後ろから抱きしめられていて、耳元に森野の吐息を感じる。

「は……っ、陽菜乃……感じすぎ」

(だって……)

森野はベッドがきしまないようにゆっくりと入ってくる。

枕から少しだけ顔を上げる。胸元のブラウスはボタンが外されていて、ブラジャーが外れているから、その尖ってしまっている先端が陽菜乃の目に入る。

後ろから、森野が手をのばしてその胸を包み込むようにゆっくり揉んだ。

森野の手で形を変えるそれはひどく扇情的に見える。

声が漏れそうなのに、必死で押し殺さなくてはいけないし、声を出しちゃいけないと思うと、不思議なことに他の感覚が妙に鋭くなっていく気がする。

陽菜乃の中に入ってくる森野のその大きさも形も、くびれすらも感じるような気がした。森野の熱すらも感じる。気づいたら、必死で枕に顔をうずめてしまっていた。

(ダメ、このままじゃ声でちゃう……っ)

今、森野の姿を見ることはできない。目を封じられて声も封じられて、今陽菜乃に残されている感覚は、耳からの森野の熱い吐息と、陽菜乃に触れている感覚がすべてだ。

そこから陽菜乃はすべてを感じ取ろうとする。肌に触れる指だけではない。中にいる森野自身も感じたい。ゆっくりと内壁を擦る森野のすべてを感じていたら、もうおかしくなりそうだった。

森野が後ろから手を繋いでくれた。陽菜乃はその手をぎゅうっと握った。それで森野には分かっただろう。陽菜乃のいいところを中でゆっくり擦ってくれる。

(も……ダメ……イく……イっちゃうっ)

「英……さんっ……」

陽菜乃の声に応じて、森野は陽菜乃をぎゅうっと抱きしめて、奥深くまで挿れてくれる。同時に陽菜乃は達したのだけれど、それは今までのものとは違って、長く波のように深く達するものだった。陽菜乃の中にいる森野はまだ硬度を保ったままだ。それが陽菜乃の中からゆっくりと抜かれるだけでも腰がびくびくっと痙攣しそうになる。

「気持ちよかった？」

「ん……でも英さんは……？」

「俺は後でいいよ」

そう言って森野は苦笑する。ふと見たらゴムをつけていなかった。

「今日はそんな予定はなかったから、いつものはポケットに入ってなかった。こんなことなら入れてくればよかったけど」

（生……だったんだ）

直接触れ合っていた。直接感じたのだ。だから。シチュエーションだけではなくて、熱も形も直接触れ合っていたから、こんなに感じてしまった。

「結婚して、二人に心の準備ができたらちゃんとしよう」

森野も夢中になっているように見えて、陽菜乃だけを気持ちよくしてくれていた。

（どうしよう。すごく好き）

森野に抱き着いた陽菜乃はぎゅうぎゅう森野を抱きしめる。

「陽菜乃ってば……」

陽菜乃は森野を押し倒した。そしてカチャカチャとスラックスのベルトを外す。

「ちょ……陽菜乃？」

驚いたような様子で見ている森野の下着も下ろしてしまう。中から飛び出してきたそれは相変わらず綺麗だ。他の人はどう思うか知らないが、陽菜乃にはそれは非常に愛しい森野の器官だ。

陽菜乃は森野にまたがって、自身の濡れそぼった場所にソレを押し当てた。

今は入れない。ちゃんとしようと言ってくれている森野の意思も尊重したいからだ。

けれど、何もしないで済ませたくはない。陽菜乃はゆっくり腰を動かした。すっかり濡れてしまっている陽菜乃の滑りを借りて、スムーズに動く。

「ん……陽菜乃……」

「気持ちいい？」

「すごく」

森野の上気した顔は本当に色気がある。

「陽菜乃、出そうだから……っ」

「出して？　出るとこ見たいの」

そんなおねだりに、ふっと笑った森野の眉根がきゅうっと寄る。ビクビクッとしたそれから白濁が飛び出す。

（すごい……）

色っぽくてたまらない。陽菜乃は森野にそっと唇を落とした。

赤くなった森野が顔を覆っている。

「どうしたの？」

「襲われた気分なんだけど、とても感じてしまった」

「私もすごく感じさせられてしまったから、おあいこね！」

制服はなんとか汚さずに済んだ。もちろん森野のスーツもだ。シャツが皺になってしまったけれど、それはジャケットを着れば分からないだろう。

陽菜乃も着てきた服に着替える。

「陽菜乃ちゃーん！　森野さん！　そろそろお食事に行くから降りてきて！」

「は、はーいっ！」

悪いことをしていたわけではないけれど、なんとなく声がうわずってしまった陽菜乃だ。

そして二人で顔を見合わせて微笑む。

「あのね、私ね、こういうの憧れてたの」

「こういうの？」

「うん。彼氏を部屋に連れ込んでエッチしちゃうやつ」

そう言って陽菜乃は嬉しそうに笑う。

「そっか」

ずっとできなかったと言っていた陽菜乃だ。

きっとあんなこともしてみたいとか、こんなこともしてみたいという妄想もあっただろう。

それを叶えてあげられたことは、森野にとっては嬉しいことの一つだった。

「したいこと、いっぱいしよう」

陽菜乃は森野に花のような笑顔を向ける。

「英さん！　大好き！」

「俺も大好きだよ」

森野が陽菜乃に向けた笑顔も屈託のないものだった。

◇　◇　◇

『彼のものが中に分けいって挿入ってきたとき、幸せを感じた。気持ちも身体も結ばれることはこんなにも幸せを感じるものかと思ったのだ』

小説の中の二人はいつも幸せそうだった。

そんな幸せな姿を書いていたいと思っていたけれど、自分が幸せになることは諦めていた。

けれど、森野はそんな陽菜乃をいつも全部受け止めてくれた。

取材で始まったその恋は、今は本物になっている。

ただし、今は取材はしていない。

大事な二人の時間は二人だけのもので、それを陽菜乃は外に出す気はないからだ。

そうこうしているうちに、なぜか美佳経由で、もあらぶサイトで書いてみないか、と真崎から話があった。サイトでさっと読めるような短編小説を掲載する企画があったそうで、それの原作者として声をかけてくれたらしい。

「別に陽菜乃ちゃんだからって、身内贔屓で決めたわけじゃないよ。小説を読ませてもらってすごくいいし、サイトに合うと思ったからだ」

そう言った真崎は仕事にはなかなか厳しくて、陽菜乃は勉強になったけれど、何度ぶん殴りたい……と思ったことか。

陽菜乃はその後も書籍を数冊出版した他、森野の母親経由で、雑誌のエッセイの仕事なども入っていた。

陽菜乃の独特の視点で書かれたエッセイは、これまた人気らしい。雑誌発信だったそれもまとめて出版しようという話も出ていた。

会社は退職して、森野と結婚した今は書く仕事だけで稼いでいくことができていた。

——これって小説みたいな結末じゃない？

陽菜乃のハッピーエンドは、どこまでも続いていくのだ。

この作品に対する皆様のご意見・ご感想をお待ちしております。

おハガキ・お手紙は以下の宛先にお送りください。

【宛先】

〒150-6008 東京都渋谷区恵比寿 4-20-3 恵比寿ｶﾞｰﾃﾞﾝﾌﾟﾚｲｽﾀﾜｰ 8F
（株）アルファポリス　書籍感想係

メールフォームでのご意見・ご感想は右のＱＲコードから、
あるいは以下のワードで検索をかけてください。

アルファポリス　書籍の感想　検索

ご感想はこちらから

隠《かく》れドＳ上司《じょうし》の過剰《かじょう》な溺愛《できあい》には逆《さか》らえません

如月そら（きさらぎ そら）

2023年 5月 31日初版発行

編集－大木 瞳・森 順子
編集長－倉持真理
発行者－梶本雄介
発行所－株式会社アルファポリス
〒150-6008 東京都渋谷区恵比寿4-20-3 恵比寿ｶﾞｰﾃﾞﾝﾌﾟﾚｲｽﾀﾜｰ8F
TEL 03-6277-1601（営業）　03-6277-1602（編集）
URL https://www.alphapolis.co.jp/
発売元－株式会社星雲社（共同出版社・流通責任出版社）
〒112-0005 東京都文京区水道1-3-30
TEL 03-3868-3275
装丁イラスト－わいあっと
装丁デザイン－AFTERGLOW
（レーベルフォーマットデザイン—ansyyqdesign）
印刷－中央精版印刷株式会社

価格はカバーに表示されてあります。

落丁乱丁の場合はアルファポリスまでご連絡ください。

送料は小社負担でお取り替えします。


ISBN978-4-434-32028-6 C0093